目次

亜智一郎の恐慌

雲見番拝命

もし、その前兆があったかと訊《き》かれたら、緋熊重太郎《ひぐまじゅうたろう》はためらうことなく、杜若《とじゃく》の出来が只事《ただごと》でなかった、と答えたろう。

それほど、門脇《かどわき》杜若は美事だった。

近来、稀《まれ》というより、重太郎が今迄観た狂言で、これほど気持良く酔えた芝居はなかった。大出来、頗《すこぶ》る付き、極上上大吉《ごくじょうじょうだいきち》、いくら誉めても誉め足りない。

経師《きょうじ》屋橋之助を演じた杜若も杜若なら、相手、柳橋《やなぎばし》の芸者若鴫《わかしぎ》役の青衣《あおい》霧之丞《きりのじょう》がまた絶品。若鴫は並み外れの悪女なのだが、これまでにはなかった型で、深い怨みもなく美しい顔を崩さず次次と人を殺す。それが怪しくも爽快《そうかい》で、初日から物凄《ものすご》い評判を呼び、二日目のこの日は満員札止めの盛況だった。

「明日も小屋が壊れなきゃいいがな」

と、重太郎が連れの岩沢《いわざわ》二亭《にてい》に言った。

「これも、緋熊様のお蔭《かげ》ですよ」

二亭も上機嫌だった。無論、酒のためばかりではない。

「緋熊様のご助言がなかったら、経師屋橋之助を台本《ほん》にしようとは考えなかったでしょうから」

「いや、今のあんたと杜若、霧之丞がいたら、何を芝居にしても文句なしだ。俺の助言などなくたっていい」

重太郎は珍しく謙遜した。

普段は大風《おおふう》なのである。無理にでも嵩高《かさだか》な態度をとる。好きな芝居を只で見るためだ。

重太郎は江戸城大手門の下座見役《げざみやく》、ごく下っ端の番侍《ばんざむらい》だ。毎朝四つ（午前十時）に太鼓とともに門が開く。大名旗本はここで乗物や馬から降り城内に入る。そのとき、登城する諸大名、旗本の定紋《じょうもん》や槍印《やりじるし》をいち早く見て、家格を判断する番侍が下座見役だ。番所の役人は相手の家格に従って礼遇しなければならない。

茅場《かやば》町の組屋敷に呑気《のんき》な独り住まい。城へは二日勤めて次の一日が明番《あけばん》。暇があると、つい浅草猿若《さるわか》町へ足が向く。どういうわけか芝居が好きでならないのだが、薄給の身だから思うように芝居通いができない。何か良い方法がないだろうかと思っているところへ、宮前座で葵《あおい》霧之丞という役者が目にはいった。

霧之丞はまだ端役だったが、重太郎は一目見て、これは大した資質を持っている若手だと見抜いた。だが、その役者の葵という姓と、そのとき着ていた衣裳の「丸に三つ葵」の紋が気になった。下座見役だから遠目はよく利くのだ。

早速、楽屋へ行って、頭取《とうどり》を呼び出し、役者如き分際が御所様のご紋名《もんめい》を姓として名乗り葵のご紋を用いるとは何事だ、お奉行所の耳にでも入ったら宮前座はお取潰《とりつぶ》しになること必定だと脅した。頭取は慌てて重太郎を料亭へ案内し、なにがしかの金包を渡し、どうしたら良いでしょうと訊いた。重太郎は充分に酒と料理を食らってから、

「なに、姓の字を青衣とでも変えりゃいい。紋はそのまま。もし、難を言う奴があったらこれは葵と似てはおりますが河骨《こうほね》でございますと言い逃れなさい」

と、教えた。

葵と水草の河骨の紋はよく似ていて、素人が見たぐらいでは区別が付きにくいのだ。

頭取が礼を言うと、重太郎は付け加えた。

「世の中には自分ではそう思わなくとも、識《し》らず識らずのうちにお上《かみ》に差し障るようなことをしているときがある。今度のようにささいなものでお咎《とが》めを受けては詰まらねえから、今度はときどき俺が見に来て、何かがあったら注意してやろう」

それ以来、重太郎は宮前座の木戸ご免となった。

宮前座の楽屋へ出入りしているうち、戯作者の岩沢二亭とも識り合いになり、何かと相談を受けるようになった。

今度の狂言「吉一《きっと》新過日経師《なすきのうのきょうじ》」も、元元は講釈だったのを、これは杜若にぴったりの役だから盗んだらどうかと、重太郎が二亭を唆《そそのか》したのだった。

それが当たったので重太郎は悪い気がしない。楽屋ではとかく煙たがられる存在なのだが、今日ばかりは重太郎が来るのを待ち兼ね、芝居がはねると二亭は駒形《こまがた》の茶《さ》の市《いち》に誘ってくれた。

昼のうちは雲が多くときどき小雨が降ったりのはっきりしない天気だったが、茶の市を出る頃にはすっかり雨が上がり、いつもより星が大きく見えた。初秋にしては暖かく、ちょっとした残暑が帰ってきた感じだ。

「緋熊様はわたしなどよりずっと前に霧之丞に目を付けられていらっしゃった。どうも、偉いものです」

と、二亭が言った。

重太郎はちょっと得意気で、

「人には勢いのある時期がある。その人達が集まると、勢いは十倍にも二十倍にもなる。宮前座は今がその時期だと思う」

と、気取った言い方になる。

「失礼ですが、侍にして置くのは全く勿体ない方ですな。いかがです、一つ台本をお書きになりませんか」

「同じ世辞なら、役者になりませんかと言えねえのか」

「いや、お世辞などではありません。以前から書ける方だと睨んでいますよ」

「なんの。俺が書いた台本を読めばあんたが鼾《いびき》をかく」

筋違門《すじかいもん》をくぐったところで、重太郎は二亭と別れた。

しばらく、二亭の言葉が耳に残っていた。戯作も悪くないと思う。しかし、二亭が机にかじり付いて、うんうん唸《うな》っている姿を見ているから、本気で台本を書く気にはなれなかった。好きなとき芝居を見、言いたいことを言い、ときどき馳走になって小遣いを貰う。その方が何層倍も楽なはずだ。

二亭と別れて間もなくだった。あたりが妙にもやもやした気配になった。酔いにしては妙だと思っていると、中空を雲が覆い、星の光が消えた。

遠くで夜廻りの拍子木が聞こえた。もう四つ（午後十時）か、と思ったとき、急に強い風が起こると同時に、身体が地面に跳ね上げられ、立っていることができなくなった。地鳴りか家の崩れる音か、凄まじい響きで地面がひっくり返ったようだ。生きた心地もなく道にうずくまっているしかない。どれほどそうしていたか。しばらくすると、揺れは静かになった。思わず振り返ると、たった今、通って来たばかりの筋違門が消え失せていた。あの石垣が崩れ落ちたと思った瞬間、重太郎の全身が震えだした。

安政《あんせい》二年十月二日の夜、江戸全土を襲った地震は直下型でマグニチュード六・九、国際震度階十二であったといわれる。震源が江戸市街の直下、しかも浅いところだったから、その被害は壊滅的で、しかも、地震直後に各地で火災が発生、焼失家屋十万以上、死傷者一万五千を超す大惨事となった。

この地震で猿若町では楽屋新道、役者新道数百軒、裏店までがことごとく焼け落ちた。

重太郎は這いずるように歩き出したが、激しい余震が繰り返し襲い掛かる。その度に瓦屋根が崩れ、材木が土埃《つちぼこり》とともに倒れかかる。

命からがらという体《てい》で酔いも醒《さ》め、やっとの思いで茅場町の組屋敷へたどり着いて見ると、附近の屋敷はほとんど倒壊していたが、重太郎の住まいだけは瓦を落としたものの、辛うじて助かっている。

だが、ほっとする間もない。屋敷の侍はそれぞれ火事装束に身を固め、大手門へ駈け付けるところだった。それなら、安全な場所で愚図愚図している方がよかったと思ったが後の祭。組頭《くみがしら》は五千石の旗本、まだ若く元気が良い。ここぞとばかり、鍬《くわ》形の前立《まえだて》を付けた兜に胸当て火事羽織、緞子《どんす》の野袴《のばかま》で馬に打ち跨《また》がり、先頭になって大手門へ。

すでに、門前の大名屋敷のあちこちが崩れ落ち、火の手が見える。石垣が一部堀の中に落ち込んでいる。櫓門《やぐらもん》は無事だったが、番所は半分傾いたままだ。

番所には鉄砲、弓の他、龍吐水《りゅうどすい》、掛矢《かけや》、梯子《はしご》、鳶口《とびぐち》などの火消道具も備わっている。組頭の下知でそれ等を引き摺《ず》り出《ひ》そうとしたとき、運悪く余震が来た。

重太郎は家鳴りとともに落ちて来た太い梁《はり》から辛うじて身体を躱《かわ》したのだが、瞬間、遅かった。掛矢を握った左腕を嚙まれてしまい、押すことも引くこともできなくなった。激痛が走り、気が遠くなりそうだ。

「た……助けてくれ」

必死で叫ぶのだが、誰も気付かない。見ると火の粉が櫓門に降り掛かり、全員が櫓門の消火に行ってしまったようだ。火の粉は重太郎の頭上にまで飛んで来る。悪くすると生きたまま丸焼きにされそうだ。

まだまだこの世に未練がある。芝居が観たい。旨いものが食いたい。女も——

「助けてくれ……」

そのとき、人影が近寄って来た。天の助けだ。重太郎は最後の力を振りしぼった。

「お願いだ。助けてくれ」

人影は傍に立って重太郎を見下ろした。

「どうなさった」

「梁に腕を取られてしまった。動くことができない」

遠くの焔《ほのお》が男の横顔を照らした。その丸い顔に見覚えがある。三の門の番侍、甲賀《こうが》百人組の一人で藻湖《もこ》猛蔵《もうぞう》という名物男だ。

役小角《えんのおづぬ》を祖とする甲賀忍者が名を馳せたのは戦国時代。関ヶ原では伏見《ふしみ》城に籠城《ろうじょう》して家康を助けた。そのときの働きが認められ、家康は甲賀忍者百人を江戸城本丸、大手三門の番士とした。これが甲賀百人組だが、以来、二百五十年もの泰平のうち、忍者はすっかり忍法を忘れ去ってしまった。安政の頃にはただの平凡な番士の集まりで、肝心な諜報《ちょうほう》活動は休息、吹上《ふきあげ》お庭者《にわのもの》、いわゆるお庭番にお株を取られた形だった。

だが、百人組の中には、ときとして先祖返りのような男も出現する。それが藻湖猛蔵で、この男は日頃祖先の智勇を誇りに思うと同時に、腑抜《ふぬ》け同然となった百人組を慨嘆していた。そのことから、独自で忍法の復活を考え、秘伝書や古老の話を頼りに、とうとう忍法百般を会得したという。以来、何かの折にその術を使いたい様子なのだが、生憎《あいにく》世の中は泰平。だから、猛蔵の顔はいつも苛苛《いらいら》している。

顔は丸いが風格は古武士そのまま。身形《みな》りに構わず近寄ると汗の臭いがしそうだ。そんな風だから他の番侍とは反《そ》りが合わない。猛蔵の方も惰弱な侍には目もくれない。

同じ大手門の番侍だから、重太郎は猛蔵を識っていても、威張った人間はあまり好きではない。声を掛けたこともないのだがこの場合は別だ。野暮ったい猛蔵がひどく頼もしく見えた。

「よし、待っていなさい」

猛蔵は一抱えもある梁に手を掛けた。すぐ、丸い顔が真っ赤になって倍にもふくれた。だが、梁の上には材木や瓦が二重三重に押し合い、さすがの猛蔵の力でもびくともしない。猛蔵は梁を動かすことができないと判ると、今度は重太郎の腰に手を掛け、物凄い力で後ろに引いた。

「あっ、痛い。腕が抜けてしまう」

と、重太郎がわめいた。

「静かにしなさい。あなたも、武士でしょう」

「武士でも、痛いものは、痛い」

猛蔵は手を放して立ち上がった。

「あなたは、下座見さんだね」

「左様、何とかなりませんか」

火の廻りは早い。すでに、番所の一部が火を噴き始めていた。

「こういう事態になった以上、覚悟をしなさい」

と、猛蔵は重太郎を見下ろして言った。

「覚悟しろとは……このまま捨てて行くと言われるのですか」

「いや、見捨てにはできない。あなたも犬死は嫌でしょう」

「では？」

「空いている右手で、嚙まれた腕を斬《き》り落とすのです」

「斬る……」

「左様。それ以上、手立てはありますまい」

猛蔵は平然と言った。重太郎は蒼《あお》くなるのが自分でも判った。第一、自慢ではないが刀を抜いて人に向かったこともないのだ。

「早くしないと、煙に巻かれますぞ」

「しかし……わたしにはできそうにもない」

猛蔵は渋い顔をした。

「腕が切れぬようでは、腹も切れぬではありませんか」

「そういう話は聞くと寒気がします」

「……やむを得ない。手を貸しましょう。ただし」

「ただし？」

「その傷が元で死ぬようなことがあっても、わたしを怨まないように」

「勿論です。怨むなら鯰《なまず》の方を怨みます。他人に訊かれたら、自分で斬ったと言います。藻湖さんの名は絶対に出さないように約束しましょう」

「判った」

となると行動は早い。猛蔵は手拭《てぬぐい》を引き裂き、重太郎の左上膊部に固く巻き付け、更に木片を拾って来て手拭に差し込み、きりきりと捻《ね》じりあげる。

「ちょっと……待って」

「痛いぐらいは我慢しなさいと言ったでしょう」

「いや、腰の印籠《いんろう》に傷薬があります。印籠を取って下さい」

「なんの、薬などより、傷口を火で焼く方が治りは早いでしょう」

「あなたは、人事《ひとごと》だと思ってそんな乱暴な……」

それでも、猛蔵は重太郎の腰から印籠を外し、薬の用意をしてくれる。その次に、重太郎の刀を腰から取ってすらりと引き抜いた。

「も、もう斬るのですね」

「そう。気を張っていなさい。腕の一本や二本で気絶などしたら名折れでしょう。確《しっか》り奥歯を嚙みしめ、息を止める――」

「あっ……」

「まだ、覚悟ができないんですか」

「いや……誰かが、こちらへ来ます」

重太郎は提灯《ちょうちん》の火が近付くのを見たのだ。猛蔵は振り返ったが、すぐ首を振った。

「この梁を持ち上げるのは、四人や五人では無理です。それに瓦も取り除かねばならない。

もし、出血しているとすると、そのために死にますよ」

「いや……」

「未練な」

猛蔵は苛苛するように言った。うっかり怒らすと、先に首の方を斬られるかも知れない。

重太郎はへどもどした。

「いや、わたしが気になるのは、あの提灯の紋です」

「紋だと？」

猛蔵は再び提灯の方を見た。

「……一文字の下に星が三つ。毛利《もうり》大膳大夫《だいぜんだいぶ》慶親《よしちか》様、加勢に来られたのだな」

「それだから、素人は困る」

「なに？」

「いや、一文字に三つ星は確かに毛利様。しかし、あの提灯の紋は星の並び方が怪しい。毛利様なら三つの星は品の字型に並ぶはず。それが、あれは逆さになっている」

「なぜ逆さだ？」

「急場だったからでしょう。この地震で、急遽《きゅうきょ》、事を企てたのです」

「どんな事だ？」

「地震に乗じて怪しい提灯を持ち、ご城内へ入り込んだのです。碌《ろく》な企《たくら》みではないでしょう」

「……曲者《くせもの》だな」

「そう。毛利様かと訊いてごらんなさい。そうだと答えたら曲者です。はばかりながら下座見役。下座見骨牌《かるた》で育った者でござる。わたしの目に間違いはない。曲者は渡辺姓だと睨みました」

「よし、判った」

猛蔵は駆け出そうとした。重太郎は慌てた。

「藻湖さん、わたしのことを忘れちゃ困ります」

「そうだった。覚悟」

猛蔵の持っている刀が閃《ひらめ》いた。

急に自由になって、重太郎は尻餅をついた。

猛蔵は血刀を下げたまま、提灯を持つ先頭の武士に声を掛けた。

「毛利大膳大夫様か？」

「左様。ご加勢に参った」

「嘘を吐《つ》け」

「何？」

「貴様、渡辺だな」

「……何で、それを——」

言い終わらぬうち、血飛沫《ちしぶき》が上がった。

提灯が撥《は》ね飛ばされ、重太郎の足元に落ちて、小さな火となった。

先頭の武士が地面に崩れると、

「おのれっ！」

後ろにいた何人かが、同じ提灯を放り出し、刀の柄に手を掛ける。猛蔵はその手元に飛び込んで、続けざまに二人を斬って捨てた。

先制攻撃が完全に功を奏したといえる。

「いかん……」

逃げに掛かるのを、猛蔵は懐に手を入れ、目にも止まらぬ早業で礫《つぶて》のようなものを投げ付けた。礫は甲賀流の忍具、銛盤《せんばん》である。四方に剣を生やした銛盤は、それぞれ逃げて行く者の背後から食い付いた。


もし、その前兆があったかと訊かれたら、鈴木阿波守正團《すずきあわのかみまさあつ》なら、雲見番《くもみばん》が働いていた、と答えたろう。

それほど、いつもは雲見番など目立たない存在だった。

江戸城の広さはざっと二十二万坪を超え、建坪が二万坪。その中心は言うまでもなく本丸。その本丸は三つの区域に分かれている。一つは表《おもて》で、公儀や事務を行う政庁、これが本丸の南側を占めている。本丸の中心を中奥《なかおく》といい、将軍の官邸、ただし女性はいない。女性はこの奥、俗に美女三千人といわれる女護が島。有名な大奥で、本丸の北側半分を占領する。

といって、将軍は毎晩、大奥へ通うわけではない。実に勿体ないと思う人も多いだろうが、大奥に行かないときは、中奥の座之間でお過ごしになる。

時の将軍は徳川十三代家定《いえさだ》。幼少のころ天然痘《てんねんとう》に罹《かか》り、それ以来虚弱だった。加えて疳癖《かんぺき》が強く、晩年には全身に震えが起こり坐っていられないようになった。

家定の祖父に当たる家斉《いえなり》などは、四十人の側室に五十五人の子を生ませ、それでなくとも窮迫した幕府の財政を脅かしたが、家定にはとうとう一人の子もできなかった。それもまた困るので、後に将軍継嗣《けいし》のとき一悶着《ひともんちゃく》を起こした。

将軍座之間には十五畳の上段之間、下段之間、次之間、大溜《おおだま》りがあり、寝室は大奥寄りにある休息之間で、そこも上段、下段、小座敷、次之間と算《かぞ》え切れない。

部屋を四十畳の縁《えん》が囲み、その西側は庭で、広大な庭園には二つの建物が作られている。竹藪《たけやぶ》の中にひっそりと建っているのが、地震之間。いざ、地震というとき、将軍の避難場所に使われる。ただし、正團が将軍の側衆《そばしゅう》になってからは勿論、その以前にも将軍が地震之間へ駆け込んだという話は一度も聞いたことがない。

庭にあるもう一つの建物は物見で、一名雲見櫓という。

泰平の時代だから、櫓には敵兵を物見するなどという性格はとうになくなっている。将軍が執務に疲れたときなど、ぶらりと気散じに高い所へ登って遠くを眺めるぐらい。櫓の上には遠眼鏡も備えてあって、江戸城内を一望にすることができる。

地震之間と雲見櫓は中奥番衆が警護に当たり、雲見櫓には雲見番番頭《ばんがしら》以下、常時二、三人の侍が詰めて、四六時中、雲の行方をぼうっと見送っている。

何しろ桁《けた》外れの大所帯、時代が下るにつれて、各役職は無数に増え、複雑怪奇になっているので、城の中にはこの雲見番のようなわけのわからない役もある。よく話題にされるが、将軍の尻拭き役の方がまだ判り易い。

雲見番は一応、地震之間と雲見櫓の警護だが、城内には至るところに番士が詰めているので、雲見櫓のあたりになるとほとんどその必要がない。それで、雲見番は一日中雲の動きを見て、天気予報の真似事《まねごと》のようなこともしているらしいが、その予報が重要視されたのは一度もない。

まず、これ以上の閑職があまりあるとは思えない。ただし、将軍座之間近くの役職なので、毛並みの良い旗本の子弟が世襲している。家格は正團と同じ旗本だが、そうした閑職だから禄高は番頭で二百石、正團の十分の一だ。

その雲見櫓がその日に限って忙しそうにしていたのだ。

正團は宿直《とのい》で、七つ（午後四時）に登城したときには、地震之間には大勢の人夫が出入りし、雲見櫓には大工が材木などを運び込んでいた。その間を番頭が小まめに駆け廻っているのが見える。

「頭、今日は精が出るの」

と、正團は皮肉の意味で番頭に声を掛けた。だが、番頭は一向に感じないようで、

「いや、阿波様。騒騒しくて申し訳ありません」

と、律儀に頭を下げた。

すらりとした長身で、引き締まった筋肉だった。年齢は三十前後、端麗な容貌だからこの男ほど長裃《ながかみしも》の似合う男はいない。式典の日などは末席に居並んでいてもすぐに目に付く。だから、正團も最初、年始御礼の席で見たときには、これは文武に勝れた傑物に違いないと、すぐ勘違いした。勘違いと判ったのは、番頭が歩き出したときだった。この男は長裃を捌《さば》きかね、何度も転びそうになった。矢張り雲を見上げている役しかこなせそうにもない。

「一体、何があるのかね？」

と、正團は番頭に訊いた。

「何がある……いや、何があるわけでもありません。お櫓が少少傷みおりまして、はい。修理ほどでもありませんが、まあ、これから寒さに向かいますし、治にいて乱を忘れずとか申しまして、はい」

「……ほほう。乱が見えましたか」

「と、とんでもございません。葦《よし》の髄から天井を覗く、で」

何となく取り止めがない。長年、雲ばかり見続けているため、脳までが雲みたいに灰色になってしまったようだ。

普通の相手なら、何か歯にものの挟まった言い方だと気になったに違いないが、雲見の頭ではそんな気を廻す必要はない。言葉の方が勝手に口から飛び出したぐらいに思い、何かからかうことはないかと櫓の方を見た。この番頭と顔を合わせていると、つい困らせてやりたくなるから不思議だ。

「てんねきは地面の上で動くのもいいでしょう」

「いや、しかし、地面の上で動くのもいいでしょう」

番頭は空を見上げた。鳶が輪を描いている。鳶が羨ましいといった顔だった。

そのとき、

「お頭」

と、呼ぶ声がした。

見ると大工らしい男が太い材木を運んで来たところだ。番頭はほっとしたように、

「では失礼」

と、正團の傍を離れた。

番頭は大工のところへ駆け寄り、あれこれ指示している。そのうち、大工は地面の上に置いてあった木材をひょいと肩に担ぎ上げた。それを見ていた正團は少なからず驚いた。その木材は一抱えもあり、長さが数間。大の男が数人掛かっても動きそうもないと踏んでいたからだ。

その大工は紺の股引《ももひき》、裸の上半身には総身彫物《ほりもの》が入っている。だが、見ただけでは普通の身体で、どこからそんな力が出るものか見当も付かない。

正團は急いで番頭の傍に行った。

「今の大工は何者ですか？」

「小普請方《こぶしんかた》なつ……いや、確か古山奈津之助《ふるやまなつのすけ》と申します」

「町人のように見えたが」

「いや、奈津之助は変わった男でして、武士よりも町人と気が合うと見え、ああした身形りで大工と一緒に働くのが好きらしゅうございます」

「元元、小普請か？」

「いえ、縮尻《しくじり》でございます」

「……ほう、どんな縮尻をした」

「精《くわ》しくは存じませんが、町火消《まちびけし》と喧嘩をして、数軒の町家を叩き毀《こわ》したのだそうです」

「美事な彫物だな」

「その喧嘩の後、何でも新門《しんもん》の辰五郎《たつごろう》と兄弟分の盃を交わしたとかで、彫物はその記念に入れたものだとか言っていました」

「随分、力があるようだな」

「全く、空恐ろしゅうございますよ。お蔭で日の落ちぬうちに仕事が終りそうです」

見ていると、何だか妙な修理だ。櫓に傷んだようなところが見当たらないし、太い木材で四方にただ突っ支《か》い棒をしているだけのようでもある。

それよりも、古山奈津之助という男の方が気になったが、番頭が忙しそうにしているので、それ以上邪魔する気にもなれなかった。

正團は新門辰五郎と面識があった。一橋昭致《ひとつばしあきむね》の屋敷で一、二度顔を合わせた。辰五郎は浅草の町火消で、十番組の組頭。どういうわけか昭致に可愛がられていて、屋敷に出入りしていたのだ。年齢は五十半ばだが、精悍《せいかん》で実に気っ風の良い男だった。

古山奈津之助はその新門辰五郎と兄弟分で、一応の役職にあった者が小普請入りさせられたという。小普請組と名はあるものの、非役も同じ扱いである。仕事があっても、本人は出勤せず、人夫を出すだけでいい。それが、自分から望んで人夫のような仕事についているのが面白い。正團はそのうち奈津之助のことをもっと知りたいと思った。

やがてその日も暮れる。正團がときどき庭の方を注意していると、番頭の言う通り、日暮までには櫓の方も静かになった。

そのうち、将軍も座之間に休息。正團は溜りの間に引き上げ、ほっとして懐から南蛮渡来のパイプを取り出した。一橋昭致がその形を面白がるので、何本かを与えたことがある。昭致は好奇心の旺盛な青年で、特に異国の品品に強い関心を示す。そんな点で、正團とは話がよく合うのだ。

煙草盆を引き寄せ、付け木でパイプに火を移そうとしたときだった。正團はごうっという音とともに、身体が一瞬沈み、そして跳ね上げられる衝撃を受けた。

家鳴りとともに襖《ふすま》が次次と外れて倒れかかり、一部の壁が土煙とともに崩れ落ちた。地震だと思ったが激しい揺れで動くことができない。ただ煙草盆を抱え、火が散らないようにするのが精一杯だった。それは、悪意のある動き方だった。このままでは、何もかもが押し潰されてしまうと思った。地が裂け、山は流れ、川は陥没するかも知れない。大地の底には陰陽があり、陰が弱まると陽が陰を突き破って地上に噴出するという。それが、ごく近い場所で起こったに違いない。

しばらくすると、揺れが弱まった。正團は行灯《あんどん》の火を消したが、いつ揺れが生き返るか判らない。愚図愚図してはいられない。這うようにして廊下へ出ると、一人の小姓に出食わした。

「上様《うえさま》は？」

「わたくし、替り番でこれから……」

碌に声も出ないでいる。これから座之間へ勤めに行くところらしい。

そのうち、あちこちの部屋から手燭《てしょく》を持った番侍が集まって来る。だが、座之間のあたりは意外に静かだ。

正團は襖の外から声を掛けた。

「鈴木阿波でございます。上様はいかがなされました」

返事のないうち、余震が起こった。正團は返事を待たずに襖を開けた。

二人の小姓が呆然《ぼうぜん》とした顔で坐っている。他の番侍の姿は見えない。奥の部屋は襖が散乱し、寝所まで見渡せるほどだ。

「上様は？」

「地……地震之間へ」

小姓が辛うじて答えた。

「避難なされたのか」

「はい」

正團は一応ほっとした。

「それは機敏なことでしたな」

「いえ……地震の起こる前でした」

「なに？　地震の前に上様は避難されたというのか」

「はい。ちょうどお庭で南蛮蛍が光り始めたということで、ご見物の最中が幸いしました」

「南蛮蛍だと？」

「はい、阿波様がお育てになった蛍ではないのですか？」

「わたしが？　そんなことは何も知らんぞ」

小姓は不思議そうな顔をした。

「誰がそんなことを言って来た」

「雲見番のお頭です」

「それで、上様は蛍を見にお庭に行かれたのか」

「はい」

何とも解せない。

南蛮蛍など聞いたこともないし、見物の最中に地震だなどとは奇怪極まる。

「雲見番の頭が……」

正團は昼間の雲見櫓の工事を思い出した。思い出すと、すぐ疑惑が起こった。

——ひょっとすると、番頭が地震を予知していた？　いや、そうに違いない。雲見櫓の工事は明らかに地震に対する補強工事だ。

正團は何人かの番侍と一緒に庭へ降り立った。雲見櫓は補強のためかびくともしていない。

地震之間の周囲には篝火《かがりび》が焚《た》かれ、番侍が固めていた。正團はその中から、すぐに番頭を見付けた。

「上様は？」

「ご安心下さい。無事、地震之間にあらせられます」

番頭は神妙な顔で言った。正團は声を低くした。

「おい、頭。惚けるなよ」

「はあ？」

「南蛮蛍などと白白しい」

「………」

「地震のあることを知っていたな」

「ご冗談で。わたしは雲見番。易は見ません」

「易で地震など判るものか」

「ですから、これも上様の徳の至り。誠に目出度うございます」

「おい、誰にも言わない。わたしにだけ教えろ。知っていたんだな？」

番頭は空を見上げた。いつものぼうっとした顔だった。だが、正團は欺《だま》されまいと思った。

「阿波様にあっちゃ敵《かな》わない」

と、番頭はもっさりと言った。

「実は、気配を感じました」

「ほう……どんな気配だ」

「八年ほど前になりますか。矢張り信州に大地震がございました」

「うん、覚えている。善光寺如来《にょらい》のご開帳で、大勢の参詣者《さんけい》があったため、被害が大きくなった」

「それに出食わした人の話を覚えていたのです。地震は三月でしたが、その日は妙に暖かく、前夜から星が近くに見えまして、特に昴《すばる》のうちの小星、糠星《ぬかぼし》というのまではっきりと輝いている。空が近く見えるばかりか、鳶が舞い、鴉《からす》が騒ぎ、虫が地下から這い出して来たそうです」

「同じ兆候が見えたわけか」

「左様でございます」

「だったら、なぜわたしにも言わなかった？」

「南蛮蛍だからよかったのでございます」

「なぜだ」

「これはあくまで人の話。これも兆でしょう。もし、本当のことを言い、上様を地震之間にお連れして、さて、地震が来なかったとすると――」

番頭は左腹に手を当てた。切腹ものだという意味だ。

「なるほど。蛍ならば大丈夫なわけか」

「左様。蛍なら地震など来ない場合でも、予《あらかじ》め用意をしておくことができましょう」

「どんな用意をしていた？」

「お庭の隅隅へ組の者を忍ばせておいたわけです。その者は火を付けた火縄を隠し持っていまして、わたしの合図でそれを動かして見せるだけでよいのです」

「ううむ……上様を避難させた手際は天晴《あっぱれ》と言いたいが、少少、こすくはないか」

「孫子《そんし》も言っております」

「孫子が……何と言った」

「……嘘も方便」

「待てよ。孫子がそんなことを言ったか」

「いろは骨牌でしたかな」

そのとき、番頭の目が一瞬白目になったと思うときらりと光り、遠くの方に視線を飛ばした。

「しかし、今度は、まっとうな手柄になりそうです」

近付いて来るいくつかの提灯が見える。それを見た番侍が庭門の両側を固めた。

「毛利大膳大夫が参上しました」

と、提灯を持った黒い影が叫んだ。

「上様のお見舞でござる。毛利大膳大夫、ご加勢に参じました」

毛利大膳大夫、萩《はぎ》藩三十六万石の大名、日比谷門外に屋敷があった。高家《こうけ》に次ぐ家格を持つ大名だから、正團が思わず緊張すると、何と思ったのか、番頭がずいと門の前に出た。門を塞《ふさ》ぐ態度だ。

「毛利だと？　一体、どこの毛利だ」

大きくはないのだが腹に響く声で言った。相手は少しの間無言だったが、すぐ居丈高になった。

「無礼であろう。そこを退《の》きなさい」

だが、番頭は動じなかった。正團ははっとした。こんなことが後で問題になれば、番頭の首はない。正團が進み出ようとすると、番頭は変に落ち着いて、

「毛利なら、なぜ提灯をあべこべに持っているんだ？」

と、言った。

正團にはその意味がまるで判らなかった。

だが、それを聞くと相手は提灯を放り出し、

「おのれっ。それを知られてはこれまでだ」

と、ぎらりと白刃を引き抜いた。

番頭は一間ほど飛び退き、

「おっと、長ものは鰻《うなぎ》より食わねえ。奈津さん、頼むよ」

その声の終らぬうち、どこにいたのか、古山奈津之助が影のように現れ、相手に近寄ると手に持った大丸太を無造作に打ち降ろした。ずん、という響きの中で、刀を抜いた男の頭が潰れていた。

「頭、こんなものでいいかね」

と、奈津之助は言った。

近くから出火したようだ。奈津之助の彫物がその火を返照している。

「そうだ、今来た奴らは一人も取り逃がすな」

と、番頭はへっぴり腰で言った。言葉とは反対に、斬り合いは嫌いのようだ。

「合点」

奈津之助は敵の中へ躍り込んで行った。勝負は数秒のことだった。

一つの提灯の火が消えて、正團の足元に転がってきた。正團はその提灯を拾って見た。提灯が作り替えられてあるのがすぐに判った。乱暴に提灯の底が引き剝《は》がされ、反対に口の方は木が打ち付けられている。提灯を逆さまにして中に蠟燭《ろうそく》を立てて持っていたようだ。

「頭、これは？」

と、正團が訊いた。番頭はちょっと首を竦《すく》め、

「こんな場合ですから、それで相手が欺せると思ったんでしょう。だが、他の人間ならいざ

知らず、この雲見番、亜智一郎《あともいちろう》は伊達に雲は見ていません」

と、言った。


緋熊重太郎は怪我養生をしているうち、組頭から小普請入りを申し渡された。

無論、普通の身体ではなくなっている。とても一人前の働きはできそうにもないので、役替えは覚悟をしていたが、こう早いとは思わなかった。

下座見役の組頭は気の毒がって、

「まあ、しばらくは静養のためだと思い、ゆっくりと傷を治すんだな。様子を見て、また組に戻れるよう、組支配に口をきいてやろう」

と、言ったが、半分は気休めのようだった。

すぐ、組屋敷を引き払う。

独り者のことで、大した引っ越しではないのだが、重太郎に同情する者が手分けをしてくれ、自分はただ身一つで下谷《したや》の組屋敷へ移った。

下谷に来てみると、今迄とは大分様子が違う。組屋敷は非役の集まりだから、各各が内職を持っていて、どうにも貧乏臭い。身分は武士だが、暮しは町人よりも凄まじい。それならばいっそ、岩沢二亭の勧めに乗って、本腰を入れて戯作でも書いてみようか、と思っているところへ、組支配から改役の沙汰《さた》があった。左腕の傷口がそろそろ固まりかけたころだった。

「お側衆、鈴木阿波守様が直直のご指名だそうだ」

と、組支配は要領を得ない顔で言った。

「阿波守様をご存知か？」

「……いえ」

「まだ、どんなお役かも判らねえ。だが、すぐお番入りとは運の良い奴だ」

当日は書類を作り、服装を整えて本丸中之口へ。門を入ると十三間の土間で、両側は各役の控之間が並んでいる。その中程に小普請組之間があり、しばらく待っていると、一人の侍が部屋に入って来た。重太郎と同じで何となく場所慣れない感じだ。

それとなく見ていると、あまり目立たないのだが、どこか町人染みていて放逸な匂いがする。何かの加減で腕が見えた。その肱《ひじ》のすぐ下あたりが青黒い。その様子では総身に彫物を入れているようだ。だが、重太郎は変に四角張っている侍よりは付き合い易く思えた。

そのうち組支配が来て、二人に向かって阿波守がお会いになると言った。

組支配が先に立って歩きだす。

中之口廊下が十四間半、徒《かち》番所を左に折れると表廊下で十五間。突当たりが焼火之間、狩《か》野《の》柳雪《うりゆうせつ》描く若竹に雀の襖絵、焼火之間前廊下を七間、その先が中奥番所詰所。

重太郎は生まれて初めて中奥に足を踏み入れたのだ。大廊下には諸大名、旗本が装束に威儀を正して往き交い、豪華な襖絵が次次と変わる。市街ではまだ地震と火事の傷痕が痛痛しく残っているが、中奥では地震のあったのが嘘のようだった。重太郎は思わず夢見心地で、羽目之間、竹之間を過ぎて、正團が控えている山吹之間に着いたときには、大旅行でもしているような気分になっていた。

「小普請組、緋熊重太郎、古山奈津之助、両名を連れて参りました」

と、組支配が平伏した。

「うむ、楽にいたせ」

鈴木正團は五十前後、黒羽二重《くろはぶたえ》の熨斗目《のしめ》に鼠の霰《あられ》小紋の長袢、口に黒光りのするパイプをくわえていたが、重太郎を見るとパイプを口から放し、小切れで大切そうに拭きながら、

「傷はもういいのかえ」

と、訊いた。

「はっ」

と、平伏すると、

「この度の地震では、実に掛け替えのない人物が多く亡くなった。まず、片腕は失せたが生命に別状がなかったのは、誠に不幸中の幸いである」

そして、奈津之助の方を向いて、

「その方は、世にも稀な大力じゃな」

と、言った。奈津之助は人懐っこく笑った。

「お目に止まりましたか、いや、どうも」

正團は満足そうな顔で、組支配にお役目ご苦労と言った。組支配は一礼して座敷から姿を

消す。正團は重太郎が書いた書類にざっと目を通した。

「二人共大事にお勤めをしてきたようだの」

「恐れ入ります」

「今度のお役はいっち大切だから、そのつもりでいなさい」

そして、声を落とした。

「知人、親類にも、絶対秘密である」

「……はい」

「では、雲見櫓へ案内いたす」

重太郎ははっとした。雲見櫓は将軍ご座所近くの櫓だからだ。中奥に連れて来られて足も地に着かない思いなのに、雲見櫓といえば将軍のすぐ膝元《ひざもと》ではないか。

「何か、不服か？」

と、正團は重太郎に言った。

「いえ……不服など、滅相もありません」

「ならば、行くぞ」

正團はパイプを懐にして立ち上がった。

山吹之間からお成り廊下へ。中庭を通り過ぎて更に奥へ進む。能舞台を右に見て渡り廊下へ。雲見櫓は広い庭の北側に建っている。渡り廊下からそのまま三層の雲見櫓の上へ。最上階の四方は物見台で、中央は座敷だった。

中之間に入ると、そこには二人の侍が控えていた。一人は長裃を着た上品な顔をした男で、役目がら名を知っている。亜智一郎という雲見番の番頭。もう一人は、意外だったのだが、藻湖猛蔵がごく神妙な顔をして正坐していた。

重太郎は猛蔵がここにいる理由が判らなかったが、何となく気分が落ち着いた。猛蔵は今度の地震で、騒ぎに紛れて城内に侵入しようとした長州の浪士、渡辺覚右衛門を首謀とする一派五人までを斬り倒した功労者だったからだ。重太郎は呼び出されたとき、お咎めでもあるのではないかと内心安らかではなかった。不覚の油断で片腕をなくし、役職が務まらなくなって現に小普請入りしているではないか。だが、功労者の猛蔵と同じ席にいれば、そんなことはまずあるまいと思ったのだ。

正團は上座に着き、智一郎、猛蔵、奈津之助、重太郎を並ばせた。

「さて、昨日の凶事を吉と成すということがある。この度の地震ではご城内の被害も一方《ひとかた》ではなかったが、それとは反対に、その騒ぎの中で思わぬ福もあった。土崩れて土中から玉が現れた、と言うべきか。それを見捨ててはおけぬ。吉と成さねばならぬ。さて、ここに集まった四名の者、今日より雲見番に任命する」

重太郎はその意味があまりよく判らなかったが、雲見番に役替えになったことは確かなようだった。

なるほど、雲見番なら片腕がなくとも務まる。雲見番は蔭で、

鳥を見送る鳥見衆

雲を見送る雲見番
などと歌われてばかにされている役職だ。

鳥見衆とはお鷹匠《たかじょう》支配で、鷹が捕える鳥を見ている、あってもなくてもいいような役目。雲見番なら櫓の上で雲を見ているのだから、外の鳥見衆よりもっと楽なはずだ。

と、思ったのも束の間だった。正團は顔色も動かさず、とんでもないことを口にした。

「……よって、今、上様がこれへお成りになります」

上様——というからには、将軍家定。よりないではないか。

幕府には厳しい階級制が敷かれていて、将軍に謁見《えっけん》できる者を目見得《めみえ》以上といい、三卿、高家、大名、名門の旗本で、重太郎などは勿論、目見得以下。顔は勿論駕籠《かご》をじかに見ることもできない。それが、狭い中之間に同席することになるらしい。

他の者の様子を窺《うかが》うと、智一郎は顔色を変えたりはしなかったが、他の二人はかなり緊張したのが判った。

正團はそれだけ言うと階段を降りていってしまった。

何か狐にでも抓《つま》まれたような気分だ。たとえ将軍に目見得が叶《かな》っても、庭下にいて平伏するぐらいがせいぜい。同じ間で謁見できようはずがない。

猛蔵がちらりと重太郎の方を見て首を傾げた。重太郎も同じように首を傾げて見せた。

しばらくすると、正團が階段を登って来て、

「お成りです」

とだけ、言った。

重太郎達は急いで部屋の奥に身を退《ひ》いて平伏する。何人かが階段を登り、座に着く衣擦れの音が聞こえた。

「目通りを宥《ゆる》す」

通りの良い声がした。重太郎は隣の猛蔵の方を注意した。だが、猛蔵も頭を上げる気配がない。

「お役目である。頭を上げなさい」

と、正團が傍で言った。

恐る恐る顔を上げる。将軍家定は白綾織《あやおり》の小袖《こそで》に金襴《きんらん》の袴、脇息《きょうそく》に手を掛け左右に小姓を従えて着座していた。重太郎は一目見るなり平伏した。

「上様は面体を覚えなければならぬ。頭を上げていなさい」

と、正團が言い、家定の方を向いた。

「お人払いを」

家定はうなずいて左右の小姓を見る。小姓は太刀を家定の傍に置いて階段を降りて行った。

正團はそれを見て将軍の方を向いた。

「ここに控えし者は、新規、雲見番でございます。番頭は引き続き留任の亜智一郎」

「智一郎、近《ちこ》う」

と、家定が言った。智一郎は膝行《しっこう》する。

「智一郎は思考、直感に極めて勝れた者。先日の地震をいち早く予知して、上様が無事地震之間へご避難なさるよう、お計らい申し上げましたのも智一郎の機転でございました」

家定は大きくうなずいた。

「して、その後、南蛮蛍はいかがいたした」

「はっ……蛍めは地震に驚きましたものか、以来、ことごとく光を失いました。元に戻りまする間、しばらくご猶予を」

「時が欲しいと申すか」

「はっ」

「しからば、時を与えよう」

家定は腰に手を当てて、平たい小箱のような品を取り出した。地は黒漆《くろうるし》で、中央に金色の円が見えるが、紋ではない。上部に象牙色をした龍の根付《ねつけ》が付いている。

「これは印籠に作った袂《たもと》時計である。そちの役に立てよ」

「はっ――」

智一郎は時計を押し頂く。

正團は羨ましそうな目で時計を見ていたが、智一郎が席に直ると、奈津之助の方を見た。

「次、古山奈津之助。この者は天下無双の大力。先日、地震の騒ぎに紛れ、毛利大膳と偽りご座所近くに忍び寄った一味をことごとく取り押えた者でございます。先父は普請奉行古山飛驒守《ひだのかみ》奈津行」

「おう、飛騨か。そう言えばよく似ておる。美事な彫物があるそうじゃな」

「はっ……」

と、奈津之助が平伏する。

「彫物は何か？」

「普賢菩薩《ふげんぼさつ》にございます」

「見たいな」

奈津之助は困った表情になった。正團が口を添えた。

「上様のお言葉である。苦しゅうない」

「……では」

奈津之助は羽織袴を脱ぎ、後ろ向きになって諸肌《もろはだ》を脱いだ。白象に乗った普賢菩薩の姿が、全身に隈《くま》なく彫り込まれている。わずかに微笑を泛《うか》べた菩薩の美しさはそのまま桃源郷に引き込まれるかと思うほどだ。

「うむ。美事じゃ」

家定はなかなかもうよいとは言わなかった。やっと宥しが出て、奈津之助が肌を入れると、家定は太刀を褒賞とした。熊野三所権現長光の一振りだった。次は藻湖猛蔵の番。

「この者は、大手御門甲賀百人組累代の者。ただし、遠祖の甲賀流忍法を誉れと思い、その術を継承するただ一人の者。奈津之助と同じく大手御門の闖入者《ちんにゅうしゃ》渡辺一味を得意の手裏剣によってことごとく仕止めました」

「飛び道具が得手のようだの」

と、家定が言った。

「はっ……」

「しかし、これからは銃砲の時代じゃ」

「はっ……」

家定は側に置いてあった袱紗《ふくさ》を開いた。中から現われたのは、黒光りのする、掌《てのひら》に乗るほどの短筒《たんづつ》だった。

「これをその方に取らせる。上手に使用いたせ」

短筒は正團の手から猛蔵へ。猛蔵は感涙にむせぶ体で短筒を押し頂いた。

「次は、緋熊重太郎――」

名を呼ばれて、重太郎は我に返った。しかし、自分の存在理由が判らない。智一郎の智力、奈津之助の腕力、猛蔵の忍法、相当な実力者なのだ。だが、重太郎には何一つ特技がない。反対に、武芸などより芝居が好きといった、軟弱武士の一人にすぎない。猛蔵など同席するのも嫌だと思っているはずだ。

だが正團は重太郎の思惑などには関係なく話を続けた。

「重太郎は猛蔵と同じく累代の下座見役。ただし、世にも豪胆な者でして、かの地震の際には折悪しくも建物の倒壊に遭って、左腕を太い梁に取られて身動きができなくなりましたが、騒ぐことなく敢然として己の刀で己の腕を斬り落とし、一命を全うした剛勇なる者でございます。片腕を失ったとはいえ、胆力までは失ってはおりません。まさに一騎当千の勇者――」

「あっ……」

それは、違うとも言えない。

「緋熊重太郎、名は体を表すとか。天晴じゃの」

家定の言葉も、完全な勘違いとしか言い様がない。この名のために、今迄、どんなに相手を惑わしたか算え切れないのだ。重太郎はすぐにでもその場を逃げ出したくなった。

家定は満足そうに重太郎を見て、

「そちへの褒美《ほうび》は――」

と言って、言葉を詰まらせた。

印籠時計、佩刀《はいとう》、短筒、手元にあるものは皆褒美としてやってしまい、残っている品がないのだ。家定は懐に手を入れたが空手を出し、

「そちに妻女はあるか」

「は。いまだ独り身でございます」

家定はほっとした顔で、

「なれば、予が見立ててつかわす。後より阿波守に沙汰いたすであろう」

そして、四人を見渡し、

「武士の心である、勇、力、智、芸を備えたる皆の者、誉めてとらす。それぞれ、加増を与

えよ。まずは、めでたい」

と、白扇をさらりと開いた。


家定が階下へ姿を消すと、見送りに行った正團は中之間に戻って来て、どっかりと大胡坐《あぐら》をかいて、懐からパイプを取り出した。

「さて、これでお目見得も終り。明日からは番頭の指図を受けて、それぞれ大事にお勤めをするように」

正團は煙草盆の火を付け木で器用にパイプへ移して、いたずらっぽい目で智一郎を見た。

「頭、雲見櫓のお役は？」

智一郎はえへんと空咳《からぜき》をした。

「お櫓並に地震之間の警護が第一」

「第二は？」

「お櫓の上で雲を眺め、大風、嵐、猛暑、酷寒などの天変を感知いたします」

「その天変は月に何度ほどある？」

「年に、でしょうな」

「先日の地震を別にして、当たったことがあるか」

「……ほとんど」

「まあ、あの地震も正式な報はなかったようだから、当たったことにはならない」

「仰せの通りで」

「そんな雲見番に今度のお役替えで、屈強な男が三人も勤めることになった理由が判るか」

「……聞くところによると、三名はそれぞれ今度の地震に功績があり、その労をねぎらって、安気を与えてやろうとの大み心」

「本当にそう思うか？」

「……逆ですか」

「さすが頭、当たりだ。昨年はペルリの軍艦が来る、メリケン、エゲレスと和親条約がされる、そんな安閑とした時代じゃない。現にその条約に反対する血の気の多い一派が、かの地震の騒ぎに乗じ、城内に侵入、大胆にも上様を人質にして何が何でも条約を破棄させようとした。それを一目で見破った頭、緋熊。討ち平げた猛蔵、奈津之助がいなかったらと思うとぞっとする。功あったからといって、ご苦労、休息せいという場合ではない」

「すると、雲見番には加役が？」

「そう。それから、ときどき上様がお独りでこの櫓へお成りになることがある」

「……お気散じ、ではないのですね」

「うん。そのご用命はわたしにも多分判らない。上様の胸一つだ。もし、そのときにはお前方が直ちに動きを起こさなければならない」

「しかし……それは吹上お庭者が」

「お庭番か。だが、あれはもう駄目だ」

「駄目だ、とは?」

「以前はともかく、今じゃ有名になりすぎた。気の利いた大名なら、お庭者の氏名人相、悉《しっ》知《ち》していようから役立たずだ。中には大名と昵懇《じっこん》だという者もいると洩れ聞いている。だから、今やあれは駄目な隠密だ。もっとも、陽動としてならまだ使えないこともない」

「はあ……すると、これはなかなか大役です」

「勿論、秘中の秘でもある。老中《ろうじゅう》でもこのことは知らない。知っているのは上様とわたしたち側衆《そばしゅう》の何人かだけだ」

「……しかし、到底、手前などは」

「なに、地震の予知と頭の適切な行動をわたしが見ている。腕力はともかく、智では頭に敵う者はまずあるまい」

「……しかし」

「嫌だと言えば、事を聞いた以上、まず、頭の嫌いな、これものだぞ」

正團は手刀を作って、左腹に当ててみせた。

「いや、嫌などとは……」

「そうであろう」

智一郎は気のせいか蒼褪めている。正團は智一郎の下座にいる者を見渡した。

奈津之助は変ににや付いて腕をさすっている。早くも隠密になって日本中駆け廻っている気分なのだろう。猛蔵も同じ気持らしく、しきりに胴をゆすっている。

「おう、頼もしい者達よな。古山は腕がむずむずするか。藻湖と緋熊は武者震いしておるわ」

重太郎の場合は、恐怖で震えているのだった。これでは、戯作をするどころではない。死と向かい合わせの役職ではないか。加増など返上したい気持だが、それを言えば首がつながっていまい。

正團は満足そうにパイプをくゆらし、

「しかし、表向きはそれではならぬ。誰が見ても元の雲見番、今迄通り、口を開けて雲を見ている顔をしていなさい」

そして、智一郎の方を見た。

「しかし、頭。今度のことで一つだけ判らないことがあった。下座見役の緋熊なら、曲者の持っていた提灯の紋を見て、これは毛利大膳と名乗るが怪しいということも判ろうが、頭はどこでこれは違うと判断をしたのかの」

智一郎は何となくぐったりした顔だったが、そう訊かれて、ちょっと髷《まげ》に手をやった。

「それは、曲者が持っていた提灯があべこべだったからです」

「……そう言えば、あのときにもそんなことを言っていたな」

「はあ。弓張り提灯なら、卵形で、下の方がややすぼんでいる。ところが、曲者が持っていた提灯は、反対に上の方が細目になっていたのです」

「なるほど。わたしには判らなかったが、注意深ければ気付いただろうな」

「手前はあべこべのものがどうも気になる質《たち》なのです。それで、よく見てみると、弓張りの工合《ぐあい》から、どうやらこの提灯は底を取り除いて筒抜けにし、改めて口の部分を塞いでひっくり返し、その中に蠟燭を立てたと思われる」

「提灯をひっくり返して、どうしようというのだ」

「提灯に描かれた定紋をあべこべにするのです」

「……毛利大膳の紋は一の字に三つ星。緋熊、その由来は？」

「はっ、毛利家の祖は平安時代の土師《はじ》氏。弘仁年間、天皇のご落胤《らくいん》を得て、すなわち一品《いっぽん》親王、その一品の文字を形取って一の字に三つ星が紋とされました。三つ星は即ち将軍星、中央の大将軍、その下二つを左将軍、右将軍、一の文字は勝つに通じます」

「うむ。では、その紋を逆にすると？」

「三つ星に一文字。嵯峨《さが》源氏の流れ、渡辺氏の紋。ただし、そのまま逆さにしたのでは、星の並び方が違います」

「なるほど、それで緋熊には怪しい紋だと思ったのだ」

「仰せのとおりでございます」

「頭は星の並び方までは変だと思わなかったのか」

智一郎はうなずいて、

「ただ、一の文字が星の上にあるか下にあるかの違いだけしか判りませんでした。しかし、提灯が逆さだと気付いたので、ははあ、この紋は一の文字に三つ星じゃあない。元の紋は三つ星に一文字であろうと、ぴんと来た仕儀にございます」

「それで？」

「もし、その企てが全て調《ととの》えてからのものであれば、提灯などは当然、新規に作っていたはず。それが、急拵《ごしら》えなわけは、突然の地震に乗じようとした俄《にわか》の行動に違いない。たまたまその家が渡辺を名乗り、紋は三つ星に一の字。これを逆さにすれば、毛利大膳大夫様の紋に似ることを思い付いた猪口才《ちょこざい》。それが見えましたから、機先を制するのが勝と判断し、奈津之助に声を掛けたのです」

「……つまり、奈津之助は南蛮蛍の役目であったのだな」

「恐れ入ります」

「もし、渡辺一味の用意が周到だったら、何とした」

「……まず、駄目だったでしょうな」

「いや、頭のことだ、必ず何かの文《あや》を見付ける。それから？」

「………」

「わたしには判っている。言ってやろうか」

「………」

「きっと、逃げていたな」

智一郎は聞こえない振りをした。そのときだけ、少しばかり重太郎の気が軽くなった。

補《ふ》陀《だ》楽《らく》往《おう》生《じょう》

行列はぶら提灯《ぢようちん》が先頭で、黒木綿五つ紋の羽織を着た商人風の男が続き、黒の法衣《ほうい》に袈裟《けさ》を掛けた若僧、その後に茣蓙《ござ》を垂らした四つ手駕籠《かご》が後を追う。

「どうやら、葬礼ではないようだな」

と、市助《いちすけ》が杢蔵《もくぞう》を振り返った。

「葬礼でないとすると、何でしょう」

杢蔵も担がれているものが棺《ひつぎ》でないことが判ったが、これまで見たこともない行列だった。

二人は田圃《たんぼ》道の傍《わき》に寄って、行列をやり過ごすことにした。

五月。長雨が一段落して、俄《にわか》に蒸暑くなった。例年より早く夏が訪れている。空に向けている稲の切っ先に勢いが感じられる。日は山の端にあり、二人の影が道の上に伸びている。

杢蔵は市助が抜け目なく行列の風下に立ったことを知った。

行列にしては足早である。ほとんどが二人の旅人には無関心だった。

「……ほう、おふきさんはそんな年になりなすったかや」

「そうじゃ、だからよ、こんなに幸せな人はそうはいなかんべ」

途切れ途切れに話し声が聞こえる。暗い調子ではない。ただ、行列の最後にいた人相の良くない男が、白い目で二人をじろりと見て通り過ぎた。

「杢さん、病人ですな」

と、市助が言った。

「そうです。それも長患いですね」

杢蔵も駕籠の中から洩れる病人特有の臭《にお》いを聞き取っていた。

「病人なら医者だが、坊主が付き添うのは早過ぎやしねえか」

二人が行列を見送っていると、行列から飛び出すように一つの姿が小走りに駈けて来た。肥後《ひご》木綿の紺花色の合羽《かっぱ》に三度笠《さんどがさ》、手甲脚絆《てっこうきゃはん》、小行李《こごうり》を振り分けにした男で、二人の前に立つと手早く笠を取って、半身に構えると上体をわずかに折った。

「間違えましたらご免なさい。あんさん方はお友達じゃごんせんか」

市助は慌てて手を振り、

「違います。違います。わたしたちは神農黄帝《しんのうこうてい》の流れではありません」

相手はそれでも姿を崩さず、

「しかし、そのおみ足の運び方、お素人《しろうと》さんとは見えません。もしや、江戸で名のある親分さんのお忍びでは？」

「これは困りましたね。わたし達は江戸は江戸でも日本橋《にほんばし》、丸竹《まるたけ》と申します酒問屋の番頭で市助、連れは手代の杢蔵と申します」

「そりゃ、お商人《あきんど》さんで」

「はい。わたし達は各国の酒を取扱います関係で、旅には馴れております。いえ、今日は旅のつれづれにこの杢さんと足較《あしくら》べをしただけで、普段はこう早くは歩けません」

相手は恐縮したように改めて頭を下げる。

「さいでござんしたか。いや、それにしても昨夜は楡木《にれぎ》の泊り、宿は楡木浮屋《うきや》でござんしたね」

「よく、ご存知で」

市助は空《そら》っ惚《とぼ》けたように言ったが、内心はびっくりしたようだ。杢蔵も油断のならぬ相手だと思った。

「出立は手前の方が早《はよ》うござんしたが、三坂《さんさか》辺りでたちまち追い抜かれ、手前も旅稼業でござんすからお素人衆に抜かれるのはちょいとばかり癪《しゃく》で、すぐ追い付こうとしました。ところが驚いたことに小沢の宿を立止まりもせず、飛ぶばかりの勢いでとうとうこの蔓橋《つるはし》まで十五里を一息で。いや、恐れ入りました」

「それで、あなたは？」

「や、これは申し遅れまして失礼さんにござんす。手前生国と発しまするは江戸、浅草《あさくさ》は菊《きく》屋橋《やばし》、熊の膏薬《こうやく》売り、がっこの千太《せんた》と発しやす。稼業昨今、駈け出しの若い者にござんす。袖摺《そです》り合うも他生の縁とか申します。面体お見知りおきの上、向後《きょうこう》万端よろしくお頼《たの》申します」

「こりゃ、ご丁寧なご挨拶《あいさつ》で痛み入ります。こちらこそよろしく願いますよ」

「で、今日のお泊りは蔓橋で？」

「はい。ばかな歩き方をしたもので、もうへとへとになりました」

「と、お口ではおっしゃるが、お顔はお元気そうで頭が下がります。ご定宿は？」

「わたし達、蔓橋は初めてですから、定宿はありません」

「でしたら、良い宿がありやす。ご案内いたしましょう」

と、がっこの千太は歩き出した。

調子の良いことを言って、ぽん引きの類《たぐ》いかと疑ったが、そうでもないようだ。

蔓橋は間《あい》の宿《しゅく》で、宿場町といっても一町あるかなしだ。荒物屋、小間物問屋、太物《ふともの》店がまばらに並ぶ間に、二、三軒の宿屋があった。千太はためらいなく「片糸屋《かたいとや》」とある宿の玄関に入る。

「仁《じん》の間は空いているかね」

出て来た番頭に言う。

「へえ。ちょうど空いています」

「じゃ、このお二人をご案内して。おれは孝《こう》の間でいい」

仁の間は二階の表座敷。片糸屋で一番立派そうな部屋だった。千太は廊下越しの小部屋に入り、

「じゃ、ごゆっくり」

と、襖《ふすま》を閉めた。人なつっこくても変にべたべたしない。相当、旅慣れているようだ。

女中が茶を運んで来ると、市助はさりげなく話を始めた。

「宿の外れで、行列に会ったよ」

「さよかね」

「坊さんが付き添っていた」

「へえ」

「祭は先月終っただよ」

「じゃ、何だろう」

「補陀落往生《ふだらくおうじょう》だべ」

「補陀落往生？」

言ってしまって、女中はしまったという表情で下を向いた。

「そりゃ、何の行列だい」

「……うん、ふだらねえ行列だべ」

女中は急に落ち着かなくなって、挨拶もそこそこに部屋を出て行った。

「杢さん、何か、あるな」

と、市助が言った。

「ありますね。補陀落というと、天竺《てんじく》で観音様がいるといわれる山でしょう」

「そうだ。補陀落往生、確かそう聞こえた」

「他の者に当たってみましょうか」

「いや、急に動くのはまずい。しばらく様子を見よう」

市助は手早く旅装を解いて湯に行く。杢蔵は大事な品だけを細引きでまとめ、格子戸を開けて外の軒下の蔭《かげ》に吊した。これがいつもの二人のやり方だった。

そのうち、市助が湯から上がって来て、杢蔵が交代となる。狭くて暗い湯だった。ざっと汗を流して戻ると、部屋の様子が変わっていた。

部屋の障子が開け放され、廊下の奥に黒羽二重《くろはぶたえ》の羽織を両刀で突っ張らせた赤ら顔の侍が、がっこの千太の部屋を覗《のぞ》き込んでいる。千太の部屋では小者が千太の荷を改めているところだ。一通り調べが済むと、向かい部屋の市助の方を顎《あご》でしゃくった。

「お前も、江戸者だな？」

市助は頭を下げる。こう早く宿役人が来るとは意外だった。

「お前は、連れか？」

宿役人は杢蔵の方を見る。

「へい」

「役目の手前、荷物を改めさせてもらう。下にいなせえ」

杢蔵は市助の横に坐った。

「江戸はどこから来た？」

「お手形の通りでございます」

と、市助が言った。

「聞いているんだ。言えねえのか」

「……日本橋尾張町《おわりちょう》、主人は酒問屋丸竹喜一郎《きいちろう》。わたくしは番頭の市助、連れは手代の杢蔵と申します」

「ふん。どこへ行く？」

「日光《にっこう》へ参拝に参ります。かたがた、今市《いまいち》に蔵元がございまして、商談がございます」

「明日、発《た》つのか」

「いえ、明日はご城下を見物させていただき、明後日に蔓橋を発つ予定でございます」

「この辺りはあまり見るものもねえがな」

「ご謙遜《けんそん》で。ご当地の風光は道翁《どうおう》も誉めておりますよ」

言っている間に小者が二人の荷物を改める。大財布、小財布、道中記、矢立て、算盤《そろばん》、煙草道具などが座敷に散らかる。宿役人は道中手形に目を通し、道中記をぱらぱらと繰った。

小者は押入れやちり籠《かご》の中まで覗き込む。宿役人はしばらく小者の働きを眺めていたが、

「や、邪魔をしたな」

道中記をぽんと畳の上に投げて、階下に降りて行った。

「ちぇっ……浅葱裏《あさぎうら》め」

と、がっこの千太が忌ま忌ましそうに言った。

市助が笑って、

「じゃ、気分直しに女でも呼んで賑《にぎ》やかに飲《や》りませんか」

と言うと、千太は手を振った。

「手前、それどころじゃごんせん。脚がまるで枯木みたいになっちまいました。先に休ませてもらいます」

と、足を引き摺《ひず》るようにして湯の方に姿を消した。

市助はほっとしたように、

「どうやら、江戸者にぴりぴりしているようだな」

「こりゃあ、番頭さん、矢張り臭いですよ」

杢蔵が軒先に隠した品を取り入れようとして格子を開けると、遠くに提灯が見えた。

「番頭さん、また、補陀落往生が通っていますよ」

その行列の感じは宿外れで出会った行列と薄気味悪いほどそっくりだった。

丸竹の番頭市助と手代の杢蔵。実は江戸幕府若年寄配下にある雲見番番頭《くもみばんばんがしら》、亜智一郎《あともいちろう》と、同心藻湖猛蔵《もこもうぞう》の二人は顔を見合わせた。


安政《あんせい》三年五月、江戸城評定所の目安箱に、一通の投書があった。

目安箱の鍵は将軍だけが持ち、投書は全《すべ》て直接将軍の目に触れる。三日ほど前、その中の一通に、無署名だったが見逃せない一通が箱訴《はこそ》されていた。

野州白杉藩《やしゆうしらすぎ》三万石、藩主箭島幸友《やしまゆきとも》の城内で二月ばかり前、三十数名の藩士が惨殺され、ことごとく城外の桂安寺《けいあんじ》に埋められたというのである。

事の発端は、城主箭島幸友が江戸に参府していた留守の間、若侍と奥女中の間に不義があり、帰城した幸友に露見してしまったのである。不義を重ねたのは一人に止《とど》まらなかった。

幸友が追及すると累は他に及び、最後には総勢三十数名を数えた。幸友はこれ等の男女を捕えて全員の首を切った。幸友は直接自分の手で処刑し、最後には血に狂ったようになったという。

それが事実だとすると、由由《ゆゆ》しい問題である。当時、不義はお家の法度《はっと》、どんな成敗を受けても仕方がないが、その人数が異常すぎる。幸友が本当に自分で斬首《ざんしゅ》したというなら、その人格を問われても仕方がない。

将軍はその訴状を読むと、将軍座所前の庭にある雲見櫓《やぐら》に登り、独りで雲見番番頭の亜智一郎と会った。

将軍直属の隠密方といえば、吹上《ふきあげ》のお庭番があるが、時代が下るとお庭番は有名になりすぎた。隠密が有名では隠密の用をなさない。それで、お庭番にはもっぱら大名個人や城内などの他愛のない瑣事《さじ》を探らせて、ときおり将軍が座興的に暴露して得意がるといった、陽動的な面に使い、本当の大事には雲見番を当てるようになっていたのである。

雲見番とは表向きは雲見櫓にいて、雲の流れを記録したり漠然と天候の予測をしたりという閑職だが、本来の役目を知っている者は江戸城広しといえども、老中、側衆鈴木《すずき》阿波守《あわのかみ》正圑《まさあつ》ほか一握りの人数しかいない。家族も主人の本来の仕事を知らない。他の役職のように世襲はなく一代限りの任務という徹底ぶりだ。

将軍は気散じの物見といった体《てい》で雲見櫓に行き、小姓を下に置いて櫓に登った。眼下に拡がる江戸の街を見ながら、そっと亜智一郎に用意の品を手渡す。包みの中には旅費と手形が入っていた。

智一郎はその日のうちに同心の藻湖猛蔵と前後して城を出、旅商いの商人市助と杢蔵になって落ち合い、江戸を後にしたのである。

杢蔵の猛蔵は、甲賀《こうが》忍者の末裔《まつえい》だった。もっとも、二百五十年も泰平が続く間に、甲賀忍者はすっかり忍法を忘れ、ただの番士の集まりに堕していた。その中で、ただ独り、自力で忍法の秘伝書や古老の話によって忍法百般を会得した変わり種が猛蔵で、それが鈴木正團の目に止まって、雲見番に抜擢《ばってき》されたのが前の年だった。

猛蔵としては初仕事といっていい。江戸を発つときから胴震いを禁じ得ないのだが、番頭の智一郎の態度が何となく気に入らない。

智一郎は上背があり端麗な顔立ちで、その才智《さいち》は正團が認めるところだ。しかし、日頃の様子を見ていると、櫓の上で雲を見送っている姿が一番似合うとしか思えない。雲見番の元元の役職がそれなので仕方がない。長年、雲を見続けて、その姿は実に絵にしたいほどだが、今、雲見番は将軍直属の隠密方の加役があるのだ。智一郎は武士でありながら、切腹という言葉を聞いただけで顔が蒼褪め、事が起こったら、逃げることをまず考えるという心底が猛蔵には見える。

この際、甲賀忍者の心意気を見せてやろうと思い、楡木を発ってから、少しずつ足を早め、速歩術を使うことにした。ところが、智一郎は平気な顔で付いて来る。猛蔵が本気になって、更に足を飛ばすと、智一郎の方も息も切らさずに追い越して行く。それからは追いつ追われつ、蔓橋までの十五里を一気に駈け抜けたのが、がっこの千太の目に止まったのだ。

さすがの猛蔵も膝頭《ひざがしら》ががくがくしている。ところが、智一郎の市助の方は、けろりとした顔で道中記などを拡げている。

杢蔵は補陀落往生の行列が見えなくなると、役人の目から逃れた荷物を開ける。荷の中には掌《てのひら》に収まるほどの短筒があった。将軍家定から下賜《かし》された南蛮渡来のピストルだ。杢蔵は短筒を懐深くしまって市助の方を見た。

「番頭さん、一体、どなたから速歩術を教わったのですか」

「……いや、私は雲見番ですから、そういう術は習ったことがないですな」

「惚けちゃ困りますよ」

市助は町人風に結った髷《まげ》にちょっと手を当てた。

「いや、本当の話。実はどういうわけか、家《うち》の血筋は妙に足が早いんだ。そのお蔭で、家の先祖は戦場へ出ても生き延びて、血筋が絶えるようなことがなかったんでしょうね」

お前の家も同じ逃げ延びた口だという顔をする。しかし、勝負はついているのだから、逆らうことはできない。

「番頭さんは、普段はあまり歩かない方でしょう」

「足を使うのは嫌いですな。いざというとき、困るでしょう。お金もお足と言うじゃありませんか。使えば減ります」

「……よく、足腰を鍛える、と言って皆身体を動かしていますが」

「それは迷信です。この際、杢さんにも言っておきます。なるべく、無駄なことで足を使っちゃあいけないね」

蔓橋の宿から白杉城までほぼ二里。直接、城下町の宿を取らず、小さな宿場を選んだのは、遠くから様子を窺《うかが》うためだったが、そんな宿にも宿役人が江戸からの旅人に目を光らせているところを見ると、目安箱への投書は単なる風説や憶測ではなさそうだった。

市助は夕飯に宿場女郎を二人呼んだ。少しの酒で酔った振りをして打ち解け、それとなく宿外れで出会った不可解な行列のことを訊《き》き出そうというのだ。

江戸を発つ前、杢蔵は駈足ながら、野州白杉藩のことは一通り調べておいた。それによると、城主幸友の評判は確かに芳しくない。幼少のときから言動が乱暴で、腹心に命じて蛇を集めさせ、奥女中の部屋にばら撒《ま》くなどの悪さを算《かぞ》えあげるときりがない。父の死後、城主となってからは酒色に溺《おぼ》れる日日が続き、頭も少少おかしくなっているようで、抜刀して暴れたなどという前歴もあった。江戸詰めの期間にはさすがにそういうことはなかったが、帰国すると積もり積もった鬱屈《うっくつ》が一度に爆発して事件を起こしたということも充分に考えられる。

一方、白杉の風俗や人情、習俗なども調べたが、補陀落往生なるものについては、何の予備知識も持たなかった。その名称も初めて耳にしたのである。

夕飯のとき部屋に来た二人の女は、どちらも畠《はたけ》の臭いがした。一人の顔は茄子《なす》そっくりで、もう一人の女の顔は、南瓜《かぼちゃ》の形をしていた。

市助は尋常ではだめと見たのか、せわしく杯を空けて、すぐだらしのない顔になる。酒の量からすると本当の酔っ払いになったとしか見えないが、そうでない証拠に、女達にも酔いが廻《まわ》って来たなと思う頃、市助は両掌を下に向けてへらへらと動かし、

「さあ、ここらで補陀落往生ごっこでもすべいか」

と、言った。

一瞬、女達ははっとしたように顔を見合わせたが、市助のとろんとした顔を見直して、げらげら笑い出した。

「嫌だよ、お客さん。縁起でもねえだ」

と、茄子顔が言った。

「ふん……縁起の悪いことか」

と、市助が惚ける。

「お客さん、その、本当の意味を知らねえんだろう」

「ああ、どこかで小耳に挟んだだけだ」

二人の女はまた顔を見合わせ、ほっとした様子をした。

「だったらお客さん、余所《よそ》ではあまり大きい声で言わねえ方がいいだよ」

「ごっこ、でもいけねえか」

「いけねえ。お役人の耳に入ったら、ただじゃ済まねえだ」

「となると、なお、聞きてえ」

「でもさあ、他国の人には話さねえようにって言われているだ」

ここまで来れば、手はいくらもある。市助はよろよろと両手を懐に入れ、一分銀を二枚取り出すと、一枚ずつ盃《さかずき》の中に沈めた。

「その由来、説教をしていただければ、お布施を弾みますがの」

金を見ると、茄子の態度が変わった。南瓜に何か目で言い、市助にぺこりと頭を下げる。

「じゃあ、他でこのことを喋らねえと約束するだか」

「うん、承知だ。お前さん達、もの判りが早《はえ》え。じゃ、まずは固めの盃」

市助は一分銀を沈めた盃を二人の前に押し出した。

二人は盃を干し、中の銀を取って、素早く帯の間に挟み込んだ。

「本当に他で喋ってはだめだよ」

茄子はしつっこく念を押すと、声を低くして話し始めた。

十日ほど前になるが、蔓橋宿と城下町の中ほどに位置する桂安寺に、京都から有難い僧が立寄った。名を北契大僧都《ほっけいだいそうず》という。

この北契は桂安寺に長年住む墓守が、老衰で苦しんでいるのを知った。墓守は一年以上も腰が立たず、前途の希望もないが、死ぬに死ねないのだと北契に訴えたのである。それを聞いた北契は不憫《ふびん》に思って、

「わしは医者ではないので、お前の身体を癒《いや》してやることはできない。また、病人に手を触れただけで相手が元気を取り戻すなどというのは、昔話伝説の類いであるからわしは信用もしておらん。ただ、わしも釈門のはしくれ、有難い経典を知っておる。それによって、少し

の苦痛もなく、直ちに極楽浄土《ごくらくじょうど》へ導いてやることはできる」

と、言った。

ここまで聞くと、市助の目が朦朧《もうろう》としてしまったので、杢蔵が代わって相手になる。

「へえ。それで、その墓守は有難いお経で極楽往生をしたというのかね」

「そうなんですよ」

茄子は両掌を合わせて拝む真似をした。

「有難いことじゃあありませんか。ねえ、そうだべ。その墓守は若えとき散散道楽をした男で、墓守になってからも神仏に手一つ合わせたことのねえ不信心者だったちゅうことだよ。それが、難しい修行一つしねえで、楽に極楽往生ができたんだからねえ」

「なるほど」

「その噂《うわさ》が一時に拡まって、世の中にゃ病いで苦しんでいる人や、気の毒な人が多いんだねえ。おれも楽に往生してえ、われも極楽へ行きてえちゅう人が毎日のように桂安寺へ押し掛けるようになっただ。そんなわけ《わけ》で、このところ毎日、補陀落往生の駕籠を見ねえ日はねえようになっただよ」

「……それにゃ、金が掛かるのかい？」

「うん、お経料が五両ちゅうことを聞いただ」

「高《たけ》えな」

「そう、安くはねえ。だども、病人が長患いすりゃ、すぐそれ以上の金が掛かるだべ。働けねえ年寄りも同じだ。それを考えりゃ安い道理、当人も助かるからね、借金をしてでも補陀落往生させる家があるだよ」

「その坊主、旨《うめ》えことを言って、力のねえ病人の首でも締めるんじゃねえだろうな」

「そんな勿体ねえことを言うと罰が当たるだよ。有難《ありがて》え無量寿経《むりょうじゅきょう》の力でお迎えが来るだ。補陀落往生する信者は洞《ほら》に一晩置かれるだ。洞の前にゃ坊様がお経を読んでいるし、縁者が通夜をすることも多いから、誰もその者に手を触れることもできねえ」

「洞ね……洞は寺にあるのかい」

「ああ、寺のすぐ裏にあるだ。蓮華洞《れんげどう》ちゅうてね。昔、偉《えれ》え坊様がその洞に籠《こ》もってご修行なされたことがあるだと。奥は深《ふけ》えちゅうけれど、補陀落往生する人は、その入口にある蓮華台ちゅう場所に置かれるだ」

「……すると、朝にはお迎えが来ている？」

「ああ、皆、安らかな顔をしとるちゅうわいね」

「そんな有難え話をどうして白杉藩だけで、他にゃ秘密にするんだ？」

「そりゃお前、補陀落往生といっても、姥捨《うばす》てと変わりなかんべ」

「そりゃ、そうだ」

「暮しに困らなければ、年寄りや病人を身内が頼んで往生させるかね。白杉じゃ、二年続きの不作で皆貧乏しているだ。そんなことを他国者にゃ知られたくなかんべ」

「もっともだ」

「それに、お殿様のお耳にでも入ったら、一大事だもんな」

杢蔵は思わず持っていた箸《はし》を止めた。

「ほう……お殿様は知らねえのか」

「耳に入ってみねえ。お坊様の首が飛ぶかも知んねえ」

「なんと、お殿様は坊主が嫌《きれ》えか」

「大嫌えだね。こりゃあ前の話だが、お側の誰かが、坊様を殺すと七代までも祟《たた》るというようなことを申し上げた。すると、お殿様はその場で、城下街にうろうろしていた乞食《こじき》坊主を連れて来させ、坊主如きがこの幸友に祟るかと言いざま、抜き打ちに首をはねたちゅうことだ」

「なかなかだな。だが、往生だ乞食坊主だと威勢がよくねえ。何か、色っぽい話はねえのか」

「それが、あるだよ」

「ほう」

「これもそのお殿様のことだがね。お城で参勤の留守、大勢の若侍と奥女中とが不義を働いたのが見付かっただ」

女の話はほぼ目安箱の投書と一致していた。その噂は城下町では誰一人知らぬ者はないほど拡まっているらしい。ただ、城主の殺し方が残忍を極め、密通した者同士、無理に交わらせてその姿のまま首を落としたなどというが、これは口伝えの間での誇張だろう。ただし、

聞き逃しにできない部分もある。杢蔵が、

「また、お城には随分、腎張《じんばり》が多いとみえる」

と、冷やかすと、茄子は首を振って、

「なんの、密通したのは、せいぜい一組か、二組だね」

と、言った。

「それじゃ、後のは巻添えかい」

「お気の毒だったねえ。お殿様はそういう乱暴な方でお城にいると酒ばかり飲んでいなさる。お城にも心ある方がいらっしゃってね。これではいけないと、ご忠言申し上げる。それをお殿様は日ごろ煙たく思っておいでだ」

「なるほど」

「それが嵩《こう》じて逆臣扱い。また、その中にも悪いのがいて、お殿様に取り入る気か、お家を乗っ取ろうとする者がいて、それは誰誰と報告するから、お殿様も落ち着いていられない。それが、今度の密通事件が明るみに出たのをきっかけに、その人達に無理に累を及ぼさせて首を切ってしまったちゅうことだよ」

ただの密通事件ではなく、お家の内紛がからんでいるとなると、大量殺人に真実性がでてくる。当然、城内では極秘にされていただろうが、すでに幸友は人心を離れている点もあって、どこからか洩れたのかその噂が城下一帯に拡まったのだろう。

「それも、お殿様が殺した坊主の祟りかな」

と、杢蔵が言うと、茄子は恐ろしそうに言った。

「今度殺された人達も浮かばれめえよ。お殿様はきっと祟り殺されるだ。その証拠に、このごろになって妙に気味の悪い蝙蝠《こうもり》が多く飛ぶようになっただ。皆、殺された人達が蝙蝠になっただと言っているだよ」


翌日。

二人は日が高くなってから片糸屋を出た。熊の膏薬売りがっこの千太の姿は見えない。女中に訊くともうすでに宿を発ったという。

城下町へ出る前に桂安寺へ寄ってみる。境内《けいだい》は広く、思ったより建物も立派だが、手入れが行き届いていないのが一目で判った。池は涸《か》れて草が伸び放題、本堂の屋根は何年も茅《かや》が葺《ふ》き替えられていないようで、朽ちた茅が崩れかかっている。

人気のないのを幸いに、二人は本堂の裏に廻る。

蓮華洞はすぐに判った。

苔むした岩肌に、人が屈《かが》んで入れるほどの洞がぽっかりと口を開けている。中は広いというが、若い僧が洞の前で祭壇を整えているので近付くことができない。祭壇といっても、小さな机に白布を掛け、供物や花、香炉を並べた程度。今夜も補陀落往生が行なわれるらしい。墓地に行くと、不思議な賑やかさだった。そこかしこに新仏の盛り土が見える。ざっと目で算えて二、三十。わずかな間に、桂安寺には百両以上の金が転がり込んだ勘定だ。

「懐の暖かくなった大僧都殿には、何をなされているでしょうな」

と、市助が言った。

杢蔵は手早く帯を解いて上着を裏返しに着直す。裏地は黒で、同じく黒の布の頭巾《ずきん》を被《かぶ》って、そのまま本堂の床下に潜り込んだ。

本堂には誰もいない様子なので、床下伝いに渡り廊下から庫裏《くり》に向かう。しばらく、聞き耳を立てていると、幽《かす》かにちゃりんという小判の音。音の方向へたどって行くと、何やら声が聞こえる。

「どうだえ。大分溜まったか」

と、寂《さび》のある声が言う。

「へい、お経料お布施、ひっくるめて百八十五両ほどになりました」

と、若い声。

「うむ。もうちいっとだな。ところで、まだこの辺りで往生を頼みに来そうなくたばり損ないが残っていねえかい」

「……そうです。俺が見たところ、あと、十人はいるでしょう」

「そうかい。いつまでも愚図愚図していて、らりんなったんじゃ詰まらねえ。明日あたり、そろそろ大僧都、京都へ帰洛あらせられますてえような噂を流して、のんびりしている田舎者を慌てさせろ」

「……ところで、親分」

「なんだ」

「まだ、お預けですか」

「当たり前だ。今が一番肝心じゃねえか。その代わり、あと一稼ぎしてから江戸へ帰る。そうしたら、芸者でも花魁《おいらん》でも、自由にしろ」

「へい」

「この俺を見ろや。ずっと、酒を断ってやってるんだ」

そこまで聞けば用はない。杢蔵は床下を通って元の場所に戻り、急いで衣服を改めて、市助の傍に寄る。

「京都の大僧都が聞いて呆《あき》れます。言葉の様子では江戸者です。博打《ばくち》打ちか何かでしょう。あの分じゃ、満足に経を唱えられるかどうかも怪しいもんです」

と、杢蔵は床下で聞いた二人の話を繰り返した。

市助はうなずいて、

「すると、補陀落往生というのは、殺しだな」

「そう、金を取って弱い者を殺す、太《ふて》え奴等ですよ。しかし、どうやって殺すんでしょう」

「昨夜の話じゃあ、洞の中にいる者に手を触れることもできないというから、毒でも飲ませるんだろう」

「死顔は皆穏やかだったといいます」

「なに、死んでしまえば、顔などどうでも作れる」

「じゃあ、夜になって、墓を掘り返して屍骸《しがい》を改めますか」

市助はどきっとしたような顔をした。

「いや、墓なんかより、町の方を歩いてみたい気分ですな」

白杉城三万石の城下町。

半日もあれば隅隅を見て廻ることができそうな町だった。

城内では大量殺人が行なわれ、領内の寺でも次次と人が殺されている疑いが強い。気のせいか町のたたずまいが重苦しく感じられる。城下町の中心を抜け、堀端に出ようとする火除《ひよ》け地で人だかりができていた。見ると、何人かの香具師《やし》に混って、がっこの千太が見世を開いている。

千太は目聡《めざと》く杢蔵達を見ると、手招きをした。二人が見物に混ると、千太は口上を終えて薬の売り込みにかかった。一渡り薬が売れ、客が散ったところで、市助が傍へ寄る。

「なかなかご繁昌《はんじょう》のようですね」

「いや、恐れ入りやす。ところで、面白《おもしれ》えことを耳にしました」

と、千太は声を低くする。

「今夜の補陀落往生は、小牧《こまき》屋という下駄《げた》屋の婆《ばあ》さんだそうですぜ」

小牧屋の大戸は降りていた。杢蔵が潜《くぐ》り戸を叩くと、すぐ桟を外す音がして戸が開いた。

「お待ち申しておりました」

と、番頭が中に請じたが、杢蔵独りなのを見ると、

「や、あなたは桂安寺さんからではねえですね」

と、詰《なじ》るような顔をした。

「はい、わたしは江戸の者。日本橋丸竹の奉公人で杢蔵と申します。昔、大旦那《おおだんな》様と大奥様には一方ならないお世話になった者でございます」

番頭は明らかに迷惑そうだ。

「しかし、今夜はちょっと家がごたごたしているだよ」

「判っておりますよ。さきほど、前を通りましたら店が閉まっている。はて、どうしたことだろうとご近所で伺いました。はい、こうした日に到着しましたのも、きっと観音様のお導きに違いございません。お喜びを申すのやらお悔やみを言うのやら判りません。間違えては失礼と思い、ただ白紙に包んで参りましたので、どうぞお納めを」

杢蔵は懐から用意した金の包みを取り出して番頭に渡した。

「十五年前、可愛がっていただきました小僧の杢蔵といえばきっと思い出して下さると思います」

「さあ、どうかな。大奥様はこのところ、すっかり耄《ぼ》けておいでだでな。まあ、一応はお話ししてみるで、待っていなせえ」

番頭は金包みの重みを計るようにして奥に入った。すぐ、戻って来ると、

「旦那様がお会いしてもいいとおっしゃる。ただ、大奥様は今も言う通り、あんまり諄《くど》いことは言わねえようにしてもれえてえ」

「判っておりますよ」

店の奥の八畳の間。

中央に白布を掛けた蒲団《ふとん》が敷かれ、小さい老婆がちょこんと坐っている。白帷子《しろかたびら》に頭陀《ずだ》袋《ぶくろ》という死装束で、桂安寺からの迎えを待つばかりといった姿だ。杢蔵は目頭を強く手で押さえた。こうすると嫌でも涙が出て来る。

「お懐かしゅうございます。大奥様、杢蔵でございますよ」

老婆はただにこにこして、

「おお、お前はモグラかい」

「はい、モグラ、モグラ。寝小便の杢蔵でございますよ」

「お前も旅に行くかい」

「はい、ご一緒にお供いたします」

「今度の旅は駕籠で行くそうじゃ」

と、子供のよう。杢蔵は鼻をすすって、老婆の傍にいる小牧屋の夫婦に頭を下げる。

「旦那様にはお初にお目に掛かります。お店もご繁昌のようで何よりでございます。積もる話は後にいたしまして、何分にも旅中のこと、お役に立つこともできませんが、今夜はぜひ

お守りしとう存じます。亡くなられた大旦那様もさぞやお喜びでございましょう」

と、相手にものを言わせない。

そのうち、桂安寺から若僧と駕籠が到着する。老婆は抱えられるようにして駕籠へ。番頭が先頭に立つが、六、七人の行列は忍ぶようで、町外れに来てやっと提灯に火を入れる。

桂安寺に到着すると、主人は駕籠から老婆を抱き下ろす。

「もう、京へ着いたのかえ？」

「ええ、ここは清水《きよみず》様ですよ」

「おう、有難や」

一同が本堂に着座すると、北契大僧都が静静と現れる。緋《ひ》の色衣に金襴《きんらん》の袈裟、頭には錏《しころ》の付いた焙烙《ほうろく》頭巾。

怪し気な読経が済んで、白い盃に水が注がれる。別れの水盃だろうが、老婆は一口唇を付けただけ。盃は順に廻されて最後に杢蔵のところへ来た。毒を盛られるのかも知れないという市助の言葉を思い出して、杢蔵は注意深く舌で探ったが、何でもないただの水であった。

若僧が先に立って、裏へ。蓮華洞の前の祭壇には高張り提灯が掲げられている。祭壇の前には大きな円座があった。これが、蓮華台というのだろう。

「さあ、これからお籠もりですよ」

と、主人が老婆に言った。

「有難や」

「わたし達は外で待っていますからね。気を楽にして、睡くなったら寝ていいんですよ」

「そうかね」

縁者が集まって円座ごと老婆を持ち上げる。杢蔵も加わって、老婆の顔色を見たが、目が濁っている他は変わったところがない。

円座はそのまま洞の中へ。狭い入口は円座がやっと通れるほどだ。すぐ、下りの階段になる。階段を降りると、四畳半ほどの平地になっていて、円座はその中央に置かれた。

「暗《くれ》えの」

「お籠もりですからね」

と、主人が言う。

「本当に父ちゃんが来るかえ」

「大人しくさえしていれば、きっと父ちゃんが来ますよ」

「久し振りだの」

「じゃ、行きますよ」

「わし独りにするのかね」

「独りだからお婆ちゃんは幸せなんですよ。人数が多いと、中には嫌な人もいて、大変だといいますよ」

すると、お籠もりは一晩一人とは限らず、多人数だったときもあるようだ。

杢蔵はそっと洞の中を窺った。老婆の置かれた傍に、二つの洞が黒い口を開けている。一つは急な登りのようで、錆《さ》びた鎖が見える。この鎖を伝って登るのだろうが、埃《ほこり》がこびり付いていて、最近、使われた様子がない。

もう一つの洞は、それとは逆に深く地中に向かっていて、うっかり転落すれば上って来られないと思われるほど無気味だ。

杢蔵は咳払いしてみた。一呼吸して小さなこだまが返って来た。どちらかの洞は行止まりのようだが、それもかなり深そうだ。

洞の中は変に腥《なまぐさ》く、地面はじとじとしている。鼠《ねずみ》の糞《ふん》のようなものが一面に地を覆っていて、感じの悪いことといったらない。縁者は老婆を乗せた円座を置くと、逃げるようにして洞を出た。

杢蔵は態《わざ》と最後まで残った。誰も老婆に触った者はいない。老婆に食物を与えた者もない。

洞を出ると、再び読経が始まった。中にいる者を安心させるためだろうが、鐘や拍子木を打ち鳴らしてひどく騒騒しい。

一刻もすると、三人ほどいた若僧は一人減り二人減り、最後にはいなくなった。番頭はそれを見て、若い者に持たせて来た酒と弁当を拡げた。

杢蔵が縁者達の話を聞いていると、小牧屋の老婆の耄碌《もうろく》は二年ほど前からひどくなったようだ。最初のうちは誰にも言わず、ふらりと家を出て、何時間も帰って来ない。家中が心配していると、町の人に連れられて帰って来る。歩いているうちに帰り道が判らなくなってしまうのだ。こんなことが何度も続くので家の者は老婆から目が離せなかったが、そこが不思議で、家の者の目を盗んで外に出る智慧《ちえ》はよく働く。そのうちに、足腰が弱って家の者がほっとする間もなく、今度は昼と夜とを取り違え、夜中でも大声を出すので、家の者が寝付かれず、へとへとになった。自分の都合で耳が聞こえなくなる。大食らいだが、便所へは立てない。日毎に耄碌がひどくなる。

だから、北契大僧都は小牧屋にとって文字通りの仏様なのである。

それを聞いていて、杢蔵はこれまで補陀落往生をした年寄りや病人は、大なり小なり同じような悩みで苦しんでいたに違いないと思った。だが、だからと言って人の弱味に付け込み、暴利を得ようとする坊主は宥《ゆる》せない気持だ。

酒が廻って、居睡《いねむ》りをする者もいる。杢蔵だけが、洞から目を離せない。隙《すき》を見て誰が洞に侵び込むか判らないからだ。杢蔵が目を皿のようにしているうち、空が白み始めた。

刻の鐘が鳴ると同時に、昨夜の若僧が現れて、成仏した老婆をお迎えするように言った。

さすが、縁者達が腰を重くしているのを幸いに、杢蔵が先頭で洞に入った。

老婆は円座の上にのめるような姿で倒れていた。そっと手を触れると肌はすっかり冷え切っていて、完全に脈はなかった。

「なむあみだぶ、なむあみだぶ……」

念仏を唱えながら、縁者達が洞に入り、円座を外に運び出す。

若僧が待っていて屍体の乱れを整え、そのまま棺に移す。

「ご覧の通り、ご門徒は無事、補陀落往生を遂げられました。次に大僧都が印導をお渡しになります」

北契は大きな傘を差し掛けられて現れ、棺の前に立って何やら法語を唱《とな》える。棺の蓋が閉められて、そのまま墓地へ。墓地にはすでに穴が掘られていて、すぐに埋葬される。全てが終っても、まだ空は明るくなりきらないほど、葬儀は早かった。

縁者達はほっとした表情で、墓地を離れる。杢蔵は挨拶をしてから山門を出て、一度街道に出てから時刻を見て、そっと桂安寺に引き返した。

打ち合わせた通り、市助は本堂の左手にある薬師堂の中で待っていた。市助は杢蔵の話を聞いて首をひねった。

「じゃ、婆さんは毒も盛られず、洞の中に運び込まれたのだね」

「そうです。洞の入口からはずっと目を離しませんでした。猫の仔一匹、出入りしませんでしたよ」

「なるほどな。こりゃあ、一筋縄じゃいかねえようだ」

「番頭さんの方はどうでした」

「私の方も同じだった。蓮華洞の抜け穴らしいものは全く見付からなかった」

「すると、婆さんは矢張り無量寿経のお蔭で往生したんでしょうか」

市助は笑った。

「嘘《うそ》でも杢さんにそんなことを言わせる相手は、相当ですよ」

「他に遠くから洞の中の人を殺す方法でもあるんですか？」

「とにかく、洞の中を徹底的に調べる必要がありそうだ」

二人はそっと薬師堂を出、墓石に身体を隠すようにして、本堂の裏に廻る。

洞の前にはまだ若僧の姿が見えた。墓地の地境に大きな板碑《いたび》が並んでいる。二人はその後ろで、辛抱強く待った。しばらくすると、僧は全部本堂に引き上げ、洞の前に人影は見えなくなった。

頃を見計り、杢蔵が動こうとすると、市助が袖を引いた。

「今はまずい。誰かがいる。杉の木の向こうだ」

板碑の蔭から見ると、杢蔵達のいる反対側、洞の向こうに何本かの杉の大木がある。その根元にうずくまっている人影があった。人影は本堂に続く庫裏の方を気にしているようで、板碑側から見る姿は無防備だった。

人影が動き、大胆に木の蔭から姿が現れる。

「……がっこの千太だ」

「うん……」

千太は小鹿みたいに軽い足取りで洞の前に近寄り、顎で祭壇を見渡してから、ずいと洞の中に入った。

「こりゃ、危ないぞ」

と、市助が言った。

「明りでも使うと大変だ」

「明り？」

市助が何か言おうとした。その瞬間、ずんと鈍い音がして、洞が青白い炎を吹いた。

「言わねえこっちゃない」

市助は駈け出していた。わけは判らなかったが杢蔵も続く。

炎の次に、洞は千太を吐き出した。

千太は煙に包まれている。

「こっちだ！」

市助は低く叫んで千太の腕を取り、一散に薬師堂の中に駈け込む。杢蔵は堂の扉を閉め、千太の着物にくすぶっている火を叩き消す。

本堂の裏が喧《やかま》しくなった。

「何だ、何だ」

「火事か」

三人は息を詰めていた。

「提灯の火が移ったんでしょう」

「提灯はもっと遠くへ置いた方がいい」

そんな声が聞こえていたが、そのうち、それも静まった。

「一体、どうしたんです」

と、市助が千太に訊いた。

「どうもこうもねえ。火口《ほくち》に燧《ひうち》の火を落とした。とたんに、どんと来たんで」

「しかし、よく生命があった」

と、市助は感心したように言った。

「きっと風の加減が良かったんだ。それでなかったら、今頃、五体はばらばらになっていたでしょうよ」

千太は恐ろしそうに身体をさすって、

「全体、ありゃ何でござんしょう」

「火で気が一時に燃えたとすると、沼気《しょうき》ですね」

「沼気？」

「そう。澱《よど》んだ沼が泡立つのを見たことがあるでしょう。あれが沼気。沼気は火を付ければ燃える。あの洞には何かの加減で沼気が溜まっていたに違いありません」

杢蔵はあっと言った。

「そうでしたか。沼気の中にいると、息ができなくなるんですね」

「そう、補陀落往生の全部はそれで死んだんですよ。ところで――」

杢蔵は千太の顔を覗き込む。

「お前さんは何だって蓮華洞の中に入る気になったんです」

「面目ごんせん。一山当てる気になったんですよ」

「一山当てる？」

「へえ。実はあの北契坊主の化けの皮を剝《は》がすつもりだったんでごんす」

「……北契大僧都をご存知か？」

「大僧都などとは嘘っ八も嘘っ八。ありゃ、宇都宮《うつのみや》にごろごろしていた、へぼ占者でござんすよ」

「なるほど……」

「それが、何だって坊主に化けやがったのか。聞きゃあ補陀落往生でたんまり金を集めている。ただ、脅してもいいが、どんな手で信者を殺すのか、それが判りゃもっと良い脅しの種になると思い、洞の中を調べて見る気になったんでごんす」

「ちょっと動かないで下さいよ」

市助は千太の草鞋《わらじ》にこびり付いている黒い粒を注意深くつまみ取り、格子から入る光の中でじっと見た。

「こりゃあ、多分、蝙蝠の糞。蝙蝠は昼間は洞の天井などにいて、夜中になると飛び出して餌《えき》を捕える。杢さん、昨夜、洞に蝙蝠が出入りするのを見ませんでしたか？」

「ですから、洞には猫の仔一匹出入りしませんでした」

と、杢蔵が言った。

「ということは、あの洞には蝙蝠はいないことになる。なのに、これ、まだ新しい糞が落ちている。ということは、蓮華洞に沼気が発生したために蝙蝠がいられなくなり洞を出てしまった。昨夜、女が、最近この辺りに蝙蝠が多くなったといったのは、実は洞に住んでいた蝙蝠のことだったのです」

「すると、洞に沼気が生ずるようになったのは最近ですね」

「そう。多分、最初、蝙蝠が洞にいなくなったのを知ったのは桂安寺の墓守だったんでしょう。墓守は不審に思って洞に入って調べているうちに沼気に当たって死んでしまった。それを住職が知って、一計を案じ、占者を京都の大僧都に仕立てて、信者から金を巻き上げていた」

「そうだっ」

　と、がっこの千太が手を叩いた。

「それだけ種が揃えば充分でごんす。早速、北契坊主を締め上げ、いくらかにさせましょう。見りゃ、あんさん方もただの商人とも見えねえ。片棒を担いでくださんすね」

「お前さんは気が早い」

　市助はもっともらしい顔をして、

「まだ、どうして洞の中に急に沼気が生じたのか話していません」

「……でも、それはどうってことはねえんでしょう」

「いや、これが一番の大切。いいですか。沼気は腐り水から生じます。では、どうして洞に腐り水などができたかというと、二月ばかり前、ここのお殿様がわけあって、三十数人の若侍や奥女中を斬《き》り殺した」

「へえ――」

「その屍骸を全部一纏《まと》めにして桂安寺の境内に埋めたというんですが、墓地は見ても判る通り、補陀落往生の新仏は見えるが、そんな多くの屍骸が埋められたような跡は見えません」

「…………」

「と言えば想像が付くでしょうな。城内で斬り殺された屍骸は秘密のうちに桂安寺に運ばれ、蓮華洞の竪穴《たてあな》の中にことごとく投げ込まれたのです。それが梅雨の湿気と地の熱を受けて腐り始め、沼気を生じて洞に満ちるようになった」

「嫌《や》だ。おれは、そんなの、嫌だ……」

千太はぶるっと身震いして、額の汗を拭《ぬぐ》った。

「おれも悪だが、参ったね。そんなのとは性が合わねえ。それにしても、何て坊主だ。ああ、嫌だ。もう、一刻もこんな土地にゃいられねえ。お二人さん、ご免なすって下んせ」

千太はそう言うと薬師堂を飛び出した。


二人もその日のうち白杉を後にした。

亜智一郎は江戸城雲見櫓の上で将軍に会い、全てを報告する。ただちに、老中から大目付へと指令が発せられる。大目付は勘定奉行、寺社奉行と協議し、箭島幸友を呼び付けて真相を究明することになった。

一方、大目付は役人を白杉に送り桂安寺の蓮華洞竪穴から多数の屍骸を発見した。屍骸はほとんど形を止めていなかったが、それでも首や腕、脚を斬られ、惨殺されたものが多いことが判った。

その結果、大量殺人の原因は、藩内の派閥争いであることが明白となった。幸友は城内の不義の発見を理由にして、反対派の撲滅を謀ったのである。

幸友は家臣と争い、藩政治まらず、かつ、不行跡を問われて切腹、家は廃絶を申し渡された。同時に桂安寺住職、偽坊主北契ら全てが捕えられ、住職と北契は斬首、以下それぞれの刑を受けたが、補陀落往生した信者の家族に対しては、これというお咎《とが》めはなかった。

地震時計

「わたしの調子外れの三味線で、さぞ歌いにくうござんしたろう」

「いや、調子外れなものか。お前の糸で歌うのは久し振りだが、ずいぶんと手を上げたじゃねえか」

「またそんなことを言って嬉しがらせますよ」

「世辞じゃあねえ。俺の耳は確かだ。誰から習った」

「……聞き覚えでござんす」

「ばかを言え。それが聞き覚えの手か。ちゃんと歌沢《うたざわ》になっている。教えた者がいるはずだ」

「……知りません」

「ほう、俺にゃ言えねえ、いい人か」

珠川《たまがわ》は口を閉じたまま、ゆっくりと三味線の糸を緩め、屏風の傍に押しやってから居住まいを改める。

「主《ぬし》さん、今の言葉は本心じゃありますまいね」

「……どうした。恐い顔をして」

「恐い顔は生まれ付きざます」

「何か、俺が気に障るようなことでも言ったか」

「自分にお聞きな」

「今日は妙に拗《す》ねるじゃねえか」

「だって、そうだろう。この前の別れに、十月の恵比寿講《えびすこう》にはきっと来るというから、どれほど首を長くして待っていたかしれやしねえ。それなのに、とうとう待ち呆け。いえ、約束を反故《ほご》にされたから腹が立っているんじゃござんせん。お前は普通の身体じゃねえから心配していたのさ。姿を見せないのは、ひょっとして病み付いたんじゃなかろうかと、悪い方に考えがいく。お前の姿を見て、ほっとする間もなく、わたしにいい人がいるだとさ。わたしの気持も知らねえで、憎らしいったらありゃしねえ」

年は二十三、四。行灯《あんどん》に浮かびあがった珠川は細い面輪で切れ長の目はやや冷ややかだが下唇の目立つ唇に好ましい愛敬がある。島田髷《まげ》に薄化粧、紫絞りの縮緬《ちりめん》、帯は黒琥珀《くろこはく》の平絎《ひらぐけ》で、珠川が動くと座敷の空気がそよいで仙女香が匂ってくる。

重太郎《じゅうたろう》はぼんやりと信楽《しがらき》の火鉢に片手を当てて、珠川の言葉より顔の方を見守りながら、真面目そうな顔で如才ないことを言うと思う。

「確か、俺が来るのはこれで三回目だ」

「あいさ」

「まだ三回目にしちゃ、言うことがおっかねえ」

「不服かえ」

「ばからしいぜ。若《わけ》え奴なら手玉に取られようが、とんとお門《かど》違いだ」

「それが手だと思うのかい」

珠川はにじり寄って、重太郎の手の上に自分の手を重ね、

「主もずいぶん判《わか》らない。だから、粋方《すいかた》は嫌《きれ》えさ」

「……今度は嫌えになったか」

「その口がじれってえのさ。好いたらしい歌沢が出るその同じ口から、よく憎まれ口が出ますねえ」

「そうさ。憎まれ口が耳から出たら化物だ」

「混ぜっ返さずによく聞いておくれ。わたしゃ、真実お前に惚れましたのさ」

「そりゃ、勿体なくて涙がこぼれそうだが、そうだとすると、お前もずいぶん茶人じゃねえか」

「どうしてさ」

「今、お前も言った通り、俺は並みの身体じゃねえ。左腕を一本無くした男だ。そんな茨木《いばらき》童子《どうじ》のどこがいいのだ」

「判っているじゃありませんか。人は顔形《かおかたち》じゃあない。わたしはお前の気っぷにぞっこん惚れましたのさ」

「……俺の気っぷだと？」

「はい。主が片腕を無くしたわけを聞きました」

「誰が話したのか」

「宮前座の二亭《にてい》先生が雛路《ひなじ》さんに聞かせました。あの大地震のとき、緋熊《ひぐま》重太郎様はお城ご門番所にいて崩れた太い梁《はり》の下敷になってしまったが、武士としてこのまま犬死は嫌だというので、梁に取られて動かなくなっている左腕を敢然としてご自分の刀で斬《き》り落として死を免れた豪の者だ、と」

「うん……二年前の地震だ」

「ほれ、そう他人事みたいに言うところ。本当に頼もしいお人ざんすねえ」

珠川はうっとりとした目で重太郎の顔を見詰めた。

重太郎は尻がむずむずしてきた。あのことを思い出すとひとりでに顔が赤くなる。安政《あんせい》の大地震で重太郎が左腕を失ったことは事実だ。だが、珠川が話した事情とはだいぶ違う。あまり自慢にはならないが、歌舞音曲には精《くわ》しくとも、武芸十八般、一人前に使える芸は一つも持っていない。ただ、取得は人より遠目が利くことで、これは江戸城大手門下座見役《げざみやく》という番士だからである。

大地震で番所が崩れ、重太郎が梁の下敷になったとき通り掛かったのが藻《も》湖猛蔵《こもうぞう》という甲賀百人組の番士で、この男が百人組切っての向こう見ず。重太郎が動けないでいるのを見ると、否応なく梁に嚙まれていた重太郎の片腕を斬ってしまった。そのとき、万が一重太郎が死んでも、猛蔵が責任を問われぬよう、自分で自分の腕を斬り落とした、と言ったのが間違いのはじまり。下座見役に豪胆な者がいるというのが中奥側衆《なかおくそばしゅう》の耳に入り、重太郎は下座見役から目見得《めみえ》以上という将軍に拝謁できる身分に引き立てられた。

夢のような思い切った抜擢《ばってき》だが、重職を押し付けられた重太郎は内心では迷惑だった。門番と違い、いつでも将軍に呼び出される職ではただ詰めているだけで気が疲れることこの上もない。

だが、珠川から頼もしい人と言われて、これが役得かと思う。

「そうか。二亭が来てそんな話をしていたのか」

「でも、わたしはその話を聞く前から、主が忘れられなくなってしまいました」

「そう言や、お前は俺の身体を見ても気味悪がらなかったな」

「気味悪がるものですか。最初からお労《いたわ》しくて、いっそできるものならわたしの片腕を取ってお前の腕にすげてやりたいと思っています」

「それならば、比翼連理《ひよくれんり》の腕になるぜ」

「そう思うだけでも嬉しいねえ」

「だがな、あれ以来、俺が買い被られてお役が変わり、ずいぶんと忙しい身になった。前の約束を反故にしたのもそんなわけがあってだ。これからも足繁くは来られねえが、悪く思ってくれるな」

「そりゃ、お前の出世のためならどんな辛抱もしましょうけれど、辛抱のし甲斐のない主だから悲しゅうござんす」

「……なんだ。二亭はそんなことまで話したのか」

「あいさ。お若くて大層美しい奥様だそうですねえ」

「……あれのことは言ってくれるな」

「里心がつきいしたか」

「いや、逆だ。帰りたくなくなるのだ」

「嬉しいねえ。本当に主を帰させませんよ」

将軍の直属、雲見番《くもみばん》を拝命したとき、重太郎は番頭《ばんがしら》から嫁の世話を受けた。将軍のお声掛かりで、どんな婦人が来るのかと思っていると、さすがに選び抜かれた一点非の打ちどころのない美人だった。

大奥のお祐筆頭《ゆうひつ》で名を美也《みや》といい、親は勘定組組頭《かんじょうぐみくみがしら》、戸村左馬之助元信《とむらさまのすけもとのぶ》、禄高二百石の旗本である。ついこの間まで、下座見役だった重太郎には分の過ぎた縁組だったが、矢張り身分の差というものは仕方のないもので、この美也が非常に気位が高い。加えて、祝言をあげるとすぐ重太郎が軟弱なのを知られてしまったから、何かにつけて美也が煙たくて仕方がないのだ。

「そんなことを言っても、いつものようにお帰りでしょうね」

「そりゃ仕方がねえ。二亭からも聞いただろうが入り婿のようなものだ。朝帰りなどしたら叩き出されてしまう」

「帰ってたんと奥様を可愛がりなさいよ」

「そんなに角《つの》を生やすことはねえ。あれは堅物すぎて面白味《おもしろみ》がねえ。夜の床でも本手の他はうんと言わねえ」

「ばからしいよ」

そのとき、中仕切りの襖《ふすま》が少し開いた。隣座敷の雛路の声で、

「珠川さん、蜜柑をあげましょう」

四つほどの蜜柑を持った手が襖の向こうから伸びてくる。

「お客人かえ」

と、重太郎が訊《き》いた。雛路は珠川の仲のいい朋輩で、重太郎も顔見《かおみ》識《し》りだった。

「すっかり酔って、高鼾《いびき》さ」

「じゃあ、こっちへ来て一服しな」

緋緞子《ひどんす》の無垢《むく》に鳶色《とびいろ》の扱《しご》きという寝巻姿で、細面の少し青白い顔だ。雛路は座敷に入って来て重太郎の前に蜜柑を置いた。重太郎はその蜜柑を一つ手に取って、

「どうだ、雛路。お前のいい人を当ててみようか」

「……なにか聞こえましたかえ」

「いや、この蜜柑で占おうというんだ。ここの皮にほれ、わずかだが炭のかけらが食い込んでいる。指で触ると普通の炭よりも柔い和炭《にこずみ》だ。和炭はおこると炎がよく立つので鍛冶屋《かじ》が使う。たまさか、今日は十一月八日の鞴《ふいご》祭《まつり》。火を使う職人の内祭で供物にした蜜柑は近所の子供にくれてやる。その蜜柑を持って来た客なら、金物《かなもの》職人で祭の休みで遊びに来たのだと思うが、どうだ」

雛路は煙草を吸いながら重太郎の話を聞いていたが、煙管《キセル》の火玉を灰吹きにぽんと落とすと笑って、

「はて、結構な絵解きでござんすが、違いました」

「……そうか。すると、金物職人じゃなく子供に混って蜜柑を拾って持って来たというのか」

「さあ、それは判りませんが。小田原町の魚屋で、京さんという若い衆です」

「雛路さん、この節、京さんがちょいちょい来てくれて、お楽しみだねえ」

と、珠川も蜜柑に手を出す。

「おや、お楽しみなら珠川さんの方でしょう」

「いえね、どういうわけか、内の人はおむずかりでござんす」

「判っていますよ。仲良し喧嘩でしょう。そういうのは犬も食わないといいますから、わたしは部屋へ帰りましょう」

立ちかかるのを重太郎が引き留めて、

「まあいいじゃねえか。むずかっているのは珠川の方なのさ。俺が詰まらねえことを言ったからだ。もう少しいて、珠川の機嫌を直してやってくれねえか」

雛路は坐り直すと、重太郎の顔を見て、

「なぜ詰まらないことを言いなさいます」

睨むふりをする。

「悪気で言ったんじゃねえんだ。気に障ったら、両手をついてと言いたいところだが、生憎《あいにく》片手しかねえ。それで、気を晴らしてくれ」

珠川は慌てて重太郎の手を取って、

「そんなことをされちゃ、わたしが困ります」

「おや、これは大変にご馳走さまですねえ」

雛路が言うのを、重太郎ははぐらかすように、

「どうだ、本所の居心地は。もう、だいぶ馴れたか」

「あいさ。地震の後の火事で吉原が焼けてもう二年。早いもんですねえ」

「古巣が恋しくねえか」

「いいえ。わたしはどうもここの仮宅《かりたく》が性に合っていやす」

「なるほどな。京さんとやらがちょいちょい来てくれるからか」

安政の震災で吉原で営業できなくなると、町奉行所の許可を得て各店は一時、他の場所に移って客を取る。これを仮宅といい、仮宅の場所は深川、山谷、浅草などだが、新丸亀屋は本所松井町に決められて店を開いているのだ。

吉原は何かと格式がやかましいが、本所で店を借りている境遇では、大きな顔をしてはいられない。客の遊びも安直になるので、逆にそれが気に入られて繁昌《はんじょう》する原因になる。新丸亀屋ぐらいの格の客で、魚屋の若い衆が馴染みになれるのも仮宅のお蔭《かげ》で、吉原だったら考えられないことだ。

「だが、深川の方じゃ、この六月に復元した吉原へ帰って行った。綺麗に着飾って、駕籠《かご》と船とに乗り分ける花魁《おいらん》たちを見ようというので見物が仰山に集まったそうだ。この本所も、そろそろ吉原へ帰るんじゃねえのか」

「……はい。今月のうちには帰らなきゃならねえんですが、それが頭痛の種になりやした」

「珠川、お前はどうだ。矢張り本所の方がいいか」

「わたしはどっちでも。主さんさえ来てくれれば」

「こりゃあ、手におえねえのう」

雛路は立ち上がり、

「じゃ、ご両人さん、仲良くお繁《しげ》りなんしょ」

と、自分の部屋に戻って行った。珠川は見送って、

「せっかくお前が来てくれたのに、詰らないことで暇を潰したねえ」

「さあ、ちっと寝ようか」

珠川は夜着に屏風《びょうぶ》を立て廻し、中に入って扱きを解く。

「もう、心に決めました」

「何を、だ」

「もう、お前には口答えはしないと」

「…………」

「だから、どんなに奥様が可愛くとも、わたしをお忘れでないよ」

「判った」

「……邪魔な手がなくて、いいねえ」

「だが、思うように抱き締められねえ」

「それは、わたしにお任せな」

「……こうか」

「あいさ。お前、じっとしていな」

痒いところへ手が届くよう。重太郎はこうした行き届いた扱いをされるのがはじめてだった。

それにしても、明日登城して猛蔵たちと顔を合わせなければならないと思うと気が重い。

遠くで夜廻りの金棒の音。

「火の用心さっしゃいましょう――」


「上様《うえさま》、お成り――」

奥坊主《おくぼうず》の警蹕《けいひつ》の声で、部屋に着座していた全員が平伏する。

江戸城の中奥、将軍の座之間。

将軍家定《いえさだ》は空色の肩衣《かたぎぬ》に茶宇縞《ちゃうじま》の袴《はかま》。ギョケイ（将軍の太刀）を持った奥坊主が先立ちで、小姓、側衆《そばしゅう》を従えて正面正段に着座した。

高麗縁《こうらいべり》百畳敷、襖絵は極彩色の聖賢の像、四季の山水。

「匠戸《いど》藩藩主、土牛志賀守与常《どうししがのかみよじょう》、そこに控えおります」

と、側衆の鈴木阿波守正團《すずきあわのかみまさあつ》が言った。家定は脇息《きょうそく》に身を寄せて、

「志賀か、それへ」

と、声を掛ける。土牛与常ははっと平伏したまま、わずかばかり膝行《しっこう》した。

「上様にはつつがなく、お喜び申し上げます」

「む……」

「本日、献上の品は櫓《やぐら》時計でございます。この時計は常の時計と同じく刻《とき》をきざみまするが、他に重要な機巧《きこう》を持っております。それは、地震の発生を少し前に予知して、鐘を鳴らし続けるという類のなき装置にござりまする」

「……ほう。地震を報《しら》せるとは、天晴《あっぱれ》な時計じゃな」

早速、将軍の前へ時計が運び出される。時計坊主が四人掛かりで持ち出した時計は、高さが人の座高ぐらい、黒漆《くろうるし》の精巧な櫓の上に時盤《じばん》を置き、その上には金色で半球型の鈴《れい》が笠のように作られている。時計坊主の一人が機械を調整すると、鈴の下にある天符《てんぷ》がゆっくりと回転往復運動をはじめる。

家定は珍しそうにじっと時計を見ていた。

「刻を告げる鐘が鳴り続けると、地震が来るのか」

「左様でございます。地震にはさまざまな予兆がございまして、気温の変化、あるいは地鳴りや怪音があるという者もいます。また、湿気の有無なども気になるところですが、過ぎ行く刻が目に見えぬと同じで、地震の予兆を正しく言える者はおりません。目に見えぬ刻を正しく示すのが時計。正確には判らぬ地震の予兆を報《つ》げるのがこの時計。名付けて地震時計にございます」

「む。渡来の品か」

「恐れながら、諸外国にもこのような地震時計はございません。わが匠戸藩の時計師、蘭田《らんだ》無斎《むさい》の苦心の作物。無斎は実に二十有余年にわたる歳月をこの地震時計のために費しましてございます」

「して、この度の地震のとき、これは報らせたか」

「仰せの通りにございます。この地震時計のため、匠戸城の被害はほとんど無でございました。無斎はそのときの結果を研究し、なお改良に改良を重ねてこの時計を完成させましてございます」

「おお、愛《う》い奴ではあるの」

「地震時計が上様のお傍近くにあれば、いかほどの大地震になろうと上様はご無事、従って末長く延命長寿、天下泰平、国運久しからんことを願いまして、地震時計を献上するしだいでございます」

「うむ、でかした。予は喜んで受け取るであろう」

謁見はそれまでだった。

全員が平伏している間、家定は衣擦れの音を残して、静静と座の間を後にした。

時計の間に集まったのは、雲見番番頭の亜智一郎《あともいちろう》と同心の重太郎、藻湖猛蔵、古山奈津之助《ふるやまなつのすけ》。それに、天文方の耳成新兵衛《みみなりしんべえ》、時計役坊主の安藤伯西《あんどうはくせい》、押川専堂《おしかわせんどう》の七人であった。

座敷の中央には土牛与常が献上した地震時計が置いてある。地震時計の内部が改められ、時計役の伯西と専堂がいろいろ調べ終ったところだった。

「いかがでしょう。この機巧で地震が予知できますか」

と、亜智一郎が坊主に訊いた。

重太郎はいくら時計の内部を見ても何が何だかさっぱり判らない。昨日の遊びの疲れがでているようで、眠くて仕方がない。

それにしても、新丸亀屋の珠川は将軍の言葉ではないが愛い奴ではある。重太郎の腕の傷口に頬を擦り寄せ、別れには涙さえ見せていたではないか。珠川の惚れ方は本物としか思えない。

「本物か、とおっしゃるのですな」

と、伯西が言った。

その言葉で重太郎は自分の心が読まれたのかと思い、はっとして眠気が醒《さ》めてしまった。

「今、調べたところ、時計の内部には婦人のものらしい長い髪が複雑に使われております。婦人の髪というものは湿気によってよく伸び縮みするもの。よって、空気中の湿度をこれにて計るものと思われます。また、何やらごく薄い皮のようなものが張り巡らされているのは、我我の耳では聞こえぬ低い音を感じる仕掛けなのでしょう。加えて、この時計は底の部分が大変に重い。それは地震によって時計が倒れぬための配慮なのです」

「……すると？」

「いろいろな細工の全《すべ》てが、地震予知に向けられていると言っていいでしょう。しかし、いざ地震の場合、これが作動するかしないかは別の話です」

「なるほど、実際に地震が起こってみなければ判らない」

「その通りです。こちらでいくら思っていても、口説《くど》かなければ首尾が判らないようなものです」

智一郎はにこっと笑った。

そのまま、役者にでもしたい男だ、といつも重太郎は思う。薄茶の小紋に白茶の裃《かみしも》で紋は弓の字を背中合わせにした「弜《ふつ》の字紋」。だが、器量とは反対に、智一郎がその要職にあるのに往生しているような態度を知って、重太郎は親しみを持っているのである。

「いつも雲ばかり見上げていますので、こういう細かな機械を見ると目がちかちかいたします」

「雲を見ていると、一日がとても長いでしょう」

と、伯西が皮肉っぽく言った。智一郎はそう言われてもどこ吹く風という顔だが、猛蔵と奈津之助は凄い顔で伯西を睨みつけた。智一郎は二人の血気を静めるようなのほほんとした調子で、

「私は元来高い所がだめでしてね。雲見櫓の上にいて地震にでも遭っちゃ肝が潰れます。こ

ういう結構な時計が献上されるとは、どうも辱《かたじけな》い。いざというとき、うまく動いてくれれば助かります」

と、時計に頭を下げた。

天文方の耳成は大真面目で、

「いや、かような利器はお城の中だけでは勿体のうござる。万民にとっても利益なれば、蘭田無斎とやらに、時計師が秘技を習い、数多くの地震時計を作るのが肝要。無斎がそれをあくまで秘するようなら、この時計を分解して秘技を探るより他はござらぬ」

と、すぐにでも時計をばらばらにしそうな勢いだ。智一郎は、

「いかにも、これが万人に行き渡ればこれ以上結構なことはありません。この意向をいずれ鈴木正團様に申し上げ、善処していただきましょう」

と、さり気なく面倒な役から逃げようとするのが重太郎に判った。

定刻で下城。

重太郎の宅は八丁堀玉子屋新道。だがすぐ家に戻る気はしない。町をぶらぶらする気で数寄屋橋門を出て気まかせに歩いていると、辻で読売《よみうり》が人を集めていた。

聞くともなく、読売の声が重太郎の耳に入って来る。

「さあ、一大事だ。前代未聞の珍事が持ち上がったよ。昨夜のことだ、本所松井町、新丸亀

屋の仮宅で――」

新丸亀屋という名が重太郎の足を止めさせた。

「遊女と馴染み客が心中した。遊女と客の心中など珍しくねえと早合点しちゃいけねえ。昨夜のはなんと二組だ。二人の遊女と二人の客、合わせて四人が申し合わせて二階座敷で心中を遂げたんだ。四人がいっぺんに死んだ事件は憚《はばか》りながら俺も聞いたことがねえ。ばかりでなく、書物を紐解いてみると江戸はじまって以来だとある。死んだ遊女はここにも書いてある通り、珠川に雛路、死んだ客というのが――」

重太郎は皆まで聞いていられなかった。刷物《すりもの》を引ったくるようにして一枚買い、懐にねじ込み、家に帰るまで待てず、人気のない物蔭で刷物を読みはじめた。

二重心中を発見したのは新丸亀屋の若い者で、昨夜は不寝番《ねずのばん》に当たっていた。もっとも、吉原で働く男衆はみな若い者と呼ぶから、年齢のほどは判らない。この不寝番は部屋部屋を廻って行灯の油を注いで歩くのが仕事で、引け四つ（午後十二時）過ぎに雛路の部屋に入ったところ、屏風の向こうから血が流れ出しているのを見付けて大騒ぎになった。

若い者が雛路の部屋に集まって見ると、中仕切りの襖が開いたままで、不審に思った一人が珠川の名を呼んだが返事がない。立て廻してある屏風をどけると、そこにも床の中に二人の屍体があった。

四人は申し合わせたように喉を突かれていて、それぞれの部屋に、血塗れの剃刀《かみそり》が落ちていた。剃刀は部屋に一丁ずつなので、最初に男が女を殺し、返す刃《やいば》を自分の喉に向けたと思われる。

雛路の客は小田原町の魚屋で京八《きょうはち》。最近、足繁く雛路のところへ通って来る客で、雛路の方も相当に熱を上げていた。雛路の惚れ方は誰の目にも判り、最近、新丸亀屋の主人鉄五郎が一人の客に夢中にならないよう、雛路に注意したばかりだった。

珠川の客は長浜町の、これも魚屋で仁吉《にきち》。珠川の場合、特別な客がいたようだが、口が固いために誰もその客の名は知らず、心中が発見されて、はじめてその相手は仁吉だと判った。

日頃、雛路は新しく普請される吉原へ帰らなければならない日が迫っているのを気に病んでいた、という。吉原へ帰れば仮宅でのような安直な遊びができず、当然、京八の足が遠退き、これまでのような度度の逢瀬が重ねられなくなるからである。結局、雛路はそれを苦にして心中する決心をして、それを知った仲のいい珠川が同情した。珠川も雛路と同じ立場に立たされているわけだ。そうして、昨夜、二重の心中が遂げられたのだ。

「こりゃあ、何ということだ」

重太郎は唸った。

珠川と雛路とは昨夜会ったばかり。それが、一夜明けて二人共死んでしまったとは信じられない。これから、すぐにでも新丸亀屋へ行けば、珠川が嬉しそうな顔をして迎えてくれそうな気がする。

その上に打撃なのは、珠川に本当の情人がいたという事実である。

昨夜、珠川が重太郎に見せた涙は、ただの空涙だったのだ。珠川に限ってよもや嘘はあるまいと、胸を熱くして今日一日中雲の上に乗ったような気でいたのだから、花魁の手管というものは想像を絶する技だと思い知らされる。欺されたと判った今でも、珠川への愛おしさは少しも軽くはならない。目の前に珠川の顔がちらちらするばかりだ。

「しかし……おかしいな」

花魁は客をいいように操るのは苦にならないだろうが、これから死のうとするとき、その気配を外に現さないというほどの強い意志も備えているものだろうか。昨夜の二人には微塵《みじん》も死の影が見えはしなかった。

「おかしいのはあの二人だけじゃない」

魚屋の京八という雛路の客。その京八は雛路の部屋で「すっかり酔って、高鼾」だったという。

これから死のうとする者が、いくら酒を飲んだからとはいえ、高鼾をかいて寝ていられるはずはない。

そう考えはじめると、次次と疑いが湧き起こってくる。読売には肝心な遺書については一行もない。四人は遺書を書かなかったのか。なければないとして、貴重な櫛簪《くしかんざし》の類《たぐ》いを、誰かに与えなかったかどうか。

小田原町と長浜町は日本橋の橋際にある隣り合った町で、ここからそう遠くではない、と気付くと、重太郎の足は自然に室町から日本橋へと歩きはじめた。

その町に着いて、魚屋を見付けて仁吉と京八という者を尋ねたのだが、どの店にも識り合いはいない。
三、四軒目の店で、
「そんな名の魚屋はこの町内には棒手振《ぼてふ》りにもいません。今朝方、矢張りその二人を尋ねて来た者がいますぜ。その二人、どうかしたんですかい」

と、逆に訊かれた。

「まあ、識り合いのようなもんだが、それはどういう者だった」

「本所の方の、十手を持った親分でさ」

とすると、そのご用聞きも仁吉と京八を怪しく思ったに違いない。

新丸亀屋の心中はどうしても怪しい、と確信するのは、重太郎が珠川の情人は自分以外にはいないという信念で支えられていたからだ。


重太郎が家へ帰ると、妻の美也が、たった今、雲見番から使いがあり、急用が出来たのですぐ例のところへ来るようにと口上を残して帰って行った、と言った。

「例のところとはどこですか」

と、美也がぶすっとした顔で訊いた。

「さるところだ」

重太郎はそれだけ言って外に出る。

これも、美也を誤解させる一つだ。重太郎達雲見番は一日中ぼうっと空を見上げ、身体をもてあましているので、下城後、悪い仲間といつものところでいつものように遊ぶ気なのだ、と美也は思っているに違いない。それを弁解できないのが重太郎の泣きどころである。雲見番の本来の役目は親、妻たりとも洩らすことができないのだ。

京橋、弓町《ゆみちょう》の裏通り、俗に蛙小路《かわずこうじ》。

ひっそりとした二階建ての仕舞屋《しもたや》で、小ぶりの門札には舞鶴《まいづる》の紋の下に絹の字が書かれている。重太郎がそっと合図の戸を叩くと、すぐ格子戸が開く。

「皆様、お待ちです」

三十前後の櫛巻。富本豊絹太夫《とみもととよきぬだゆう》は白粉《おしろい》っ気はないが、元、富本節で寄席に出ていただけあって顔立ちの整った、おきぬという女だ。

重太郎は家に上がると、そのまま二階へ登った。

番頭の亜智一郎をはじめ、古山奈津之助、藻湖猛蔵が揃っている。

「緋熊さん、早かったですね。私はまた本所の方面じゃないかと思って気を揉んでいたところです」

と、智一郎が言った。

「どうしてそれを?」

「ま、私の耳は江戸中の物音が聞こえましてね。そんなことはどうでもいいから支度をしなさい」

「今夜のご趣向は？」

「緋熊さんは古山さんと組んでごろつきです。まあ杜若《とじやく》はあまりやらないが」

「ごろつき、さすが考えましたね。腕をぶった斬られたごろつきなどは嵌《は》まり役です」

奈津之助を見ると、もう着替えが済んでいる。汚れた素袷《すあわせ》に得体の知れないよれよれの半纏《はんてん》を引っ掛けて、両手首まである彫物《ほりもの》が見えているからこれも打って付けの役どころだ。

智一郎と猛蔵は甲賀流の忍装束《しのびしょうぞく》。猛蔵が従来のものに改良を加え、見たところは普通の羽織袴だが、一瞬にして裏返って黒装束になる不思議な衣服である。

重太郎もすぐに着替えを済ませ、階下に降りると、誂《あつら》えてあったとみえてそっと駕籠が近付いてくる。一人一人が駕籠に乗り、表通りへ出ると、急に駕籠舁《か》きの威勢がよくなり、ほいほいと夜道をひた走る。

蛙小路を出た駕籠は弓町を抜け京橋を渡ってすぐ西へ、八丁堀沿いの北桜河岸をまっすぐに、京橋を渡り越前堀川を今度は北へ、大川に出て永代橋を越すと深川佐賀町で、武家屋敷を二つほどあとにして駕籠が止まった。

駕籠を出ると、先に出発した奈津之助が待っていた。智一郎と猛蔵の姿は見当たらない。

「ごろつきが二人で、これからどうなりますか」

と、重太郎は奈津之助に訊いた。

「屋敷奉公している中間六尺連中が出入りしているような居酒屋に入って、喧嘩をする」

「なるほど……このあたりでしょう。匠戸藩の屋敷は」

「うん、目と鼻の先だ」

「つまり、今日の一件ですか。何か怪しいんでしょう」

「そうに違いない。だが、いつもの伝《でん》で、お頭はあまり精しくは言わねえ。匠戸藩の連中から、何か聞き出しゃいいんだ。役目はそれだけです」

「すると、喧嘩をしなくともいいんじゃないですか。仲良しになれば」

「いや、喧嘩が一番いい。本音を出すからな。それに、久しく喧嘩をしていねえんで、腕がむずむずしているんだ」

「それはちょうどいい塩梅で」

「緋熊さん――じゃねえ、重さんがいい。重さんは口が達者だからせいぜい悪口を振り撒《ま》きなさい。いざとなったら、腕力の方は俺が引き受けます」

「判りました。じゃ、奈津さん、そろそろ出掛けましょう」

このあたり、少し南に遊里があるので、町は賑《にぎ》やかだ。奈津之助は居酒屋があると一軒一軒覗いて見て、

「や、ここならよさそうだ」

と、縄暖簾《のれん》をくぐって店の中に入った。

「上野屋《こうずけや》　酒　菜めし」と書いた赤提灯《ちょうちん》。

安さが自慢らしく、かなり広い店に五十人ばかりがごった返していた。客は足軽中間といった若い者ばかりで、重太郎はこういうのを相手に渡り合わなければならないかと思うとう

んざりした。

店は満員の状態だが、ずっと二人が中に入ると、異形の二人連れを見て、傍にいる客は急に大人しくなって身を寄せて通る道を開けてやる。

店の中ほどの床几へ、奈津之助は一人入るのがやっとの場所に、

「兄《あん》さん方、ご免なすって」

と、無理矢理に重太郎も腰掛けさせる。

三人の小僧が右往左往しているのを、奈津之助が大声で呼び寄せ、

「酒を頼むが、いい酒じゃねえとだめだ。何がある」

「へい、内で一番いい酒と申しますと〈奥のたむ〉でございます」

「奥のたむ……聞かねえ名だ」

「でも、皆さんの評判がとてもよろしゅうございます」

「そうか、じゃ、持って来ねえ。熱くなくだ」

「お肴《さかな》は何にしましょう」

「べら棒め。酒の味が判らずに肴が決められるか。さっさと酒を持って来い」

最初から喧嘩腰。

すぐ酒が運ばれて来て、これを口にすると、五体が歓喜の声をあげるほどの美酒である。

肴は蛸《たこ》の足に鰯《いわし》のぬただが、これもよく吟味されていて、

「こりゃあ、ちょっと遠いが定連になりたいほどです」

と、重太郎が感心した。

「喜んでばかりいちゃ駄目だ。難癖を付けなければ」

「……徳利も大ぶりだし、焼物の趣味もいい」

「値段ならどうです」

早速、重太郎は小僧を呼び寄せる。

「この酒でもう一本頼みてえんだが、値段はどうなっている」

「有難うございます。一本、二十八文ずつ頂戴しております」

「二十八文……安すぎるじゃねえか」

「皆さんそうおっしゃいます」

「俺はそれが気に入らねえんだ」

「……お酒が気に入りませんか」

「いや……酒にも満足だ。だから、気に入らねえ」

「ご冗談を。お酒がうまくて安いといって、叱られたことは一度もございません」

「利いた風なことを言うな。食物屋《くいものや》がまずくって高《たけ》えのは世の習いだ。この店がうまくて安いのはからくりがあるはずだ。酒蔵に押し込み盗んで来た酒を売っているに違《ちげ》えねえ」

「め……滅相もない。少少お待ちを――」

小僧は青くなって飛んで行く。代わって重太郎の前に来たのが四十前後、恵比須大黒のような福相の男で、持っている盆の上に蜜柑が二つ載っている。

「ただ今は小僧が粗相をいたしたそうで……」

と、頭を低くする。

「いや、小僧じゃねえ。俺はこの店が気に入らねえんだ」

「どうも……気に入らないことがあれば何なりとおっしゃっていただきます」

「何も彼もだ。第一、お前の面《つら》も気に入らねえ」

「顔のことはどうにもなりませんな、へい。お気に召す顔のある店をお探しになりませんと」

「ここを出て行け、と言うのか」

「まあ、他のお客様もおいでのことだし、気に入らない顔のあるところでお飲みになってもおいしくございませんでしょうから……これはほんのお口汚しで」

と、盆の上の蜜柑を一つずつ二人の前に並べた。

「なんだ、これは。鞴祭の鍛冶屋が撒いたのを拾ってきたのか」

「さようで。皮に金物が入っているかも知れませんからお気を付けなすって」

見ると皮にきらりと光るものがあった。蜜柑に押し込まれた一分銀の角だ。

それを見た重太郎は、昨夜、新丸亀屋で雛路がくれた蜜柑を思い出し、そのとたん目の前の黒幕が切って落とされたような気がして床几から飛び上がりそうになった。

心中した二人の男、京八と仁吉は小田原町と長浜町の魚屋に心当たりがなかったとすると、最初、重太郎が読んだ通り、金物師だったのではないか。時計師も鋳物を扱うから、立派な金物師である。

　奈津之助は差し出された蜜柑を懐にねじ込み、いかにもごろつきという感じで、

「いや、話の判る店だの。重さん、そろそろ河岸《かし》を変えべいか」

　と、立ち上がる。

「いや、奈津さん。ちと待ちなせえ」

「なんだ。この額じゃあ不足か」

「なに、兄弟分のことを知りてえんだ」

　重太郎は店の者に言った。

「この店の旦那かえ」

「いえ、手前は番頭で」

「そうかい。いい番頭さんだ。俺は京八と仁吉てえ男を探しているんだが、ここに来る客かね」

　番頭は小首を傾げ、小僧の一人を呼んだ。小僧は番頭とそっくりな形に首を傾げ、

「京八さんに仁吉さんですか。私はこの店のお馴染みさんの名なら全部覚えているんですが、そのお二人は知りません」

「そうか。じゃ、土牛様のお屋敷の衆はこの店には来るか」

「ええと、土牛様のご家来はこの先の有江屋《あるえや》がご贔屓《ひいき》で。有江屋はまずくて高《たこ》うございますが、私共とは違い、綺麗な姐さんがお酌をしてくれますんで、へい」

「うん、まずくて高いなぞは俺達の性に合う。奈津さん、そっちへ行きましょう」

外へ出ると奈津之助は憮然とした顔になって、

「重さん、一分ずつ儲かりましたね」

「そう。ごろつきとは意外といい商売のようです」

「ところで、店の中で言っていた、京八と仁吉というのは何者かね」

「いや……話すと少少長くなる。とにかく、その二人の名を言えば、尻尾のある奴なら尻尾を出すと思うんです」

「まあ、そう言うのなら今度は派手にやりましょう」

有江屋はすっぽん料理の店だった。店構えは上野屋と似たり寄ったりだが、上野屋の小僧が言った通り、店の中には化粧をした若い女が目立ち、前の店よりずっと華やかだ。

二人が縄暖簾をくぐると、早速一人の女が見付けて、

「あら、いらっしゃい。お二人様ですか」

「三人に見えるか」

「死んでしまえば死人《しにん》よ」

「……こいつは一本やられたな」

「お二人とも男振りね」

「見え透いた世辞を言うな」

「いいえ、本当。わたし彫物のある人が好きなの」

口ではそう言いながら、女は重太郎の手を握ろうとしている。

「あら……こちらの人、お手手はどうしたの」

「手なら質に置いて来た」

「まあ、便利なお手手ね。さあ、こっちへいらっしゃい」

「今日は物を尋ねに来たんだ」

「この有江屋へ来て立ったままはないでしょう」

女は一つの机に寄って、無理矢理に客を詰め寄せ、わずかばかりの隙間に二人を腰掛けさせ、

「お酒、極上でよござんすね。お肴はすっぽんの餡掛《あんか》けよ」

と、有無を言わさない。

女は酒を持って来て酌をするのだが、この酒が凄い。水増しした味をごまかすため芥子《からし》のようなものを、ぶち込んだようだ。

「姐さん、名は何と言う」

「わたしは、赤染《あかぞめ》」

「……風雅な名だの。だが、この酒はずいぶん水っぽいぜ」

「わたしのお酌が気に入らないの」

「……おい、凄むなよ。可愛い顔が台なしだ」

「お酒、おいしいでしょう」

「うん……うめえ」

奈津之助はすっぽんの皿を突つきながら嫌な顔をして、

「赤染さん、こりゃ本物のすっぽんか」

「そうよ。さっきまで泳いでいたよ」

「しかし、こりゃどうしても蒟蒻《こんにゃく》じゃねえか」

「わたしがすっぽんだと言うからすっぽんでしょうが」

「……まあな」

「口に合わなかったら、鯛《たい》のお造りでも持って来ましょう」

「いいよ、これでいい。蒲鉾《かまぼこ》の鯛が出て来そうだ。いや、このすっぽんはよく味わうとうめえ」

「当たり前でしょう」

「ところで、この酒はいくらだ」

と、重太郎が訊く。

「なんだい、懐工合が気になるのかい」

「あまり、いい酒だからさ」

「安いもんだ。一本が二百文さ」

「そりゃ……法外じゃねえか。この先の上野屋なら、もっといい酒が二十八文だったぜ」

上野屋と聞くと赤染の顔が変わった。

「お前達、上野屋へ行っただか」

訛《なま》りも飛び出す。

「行ったが、悪いか」

「この、コベナシ野郎、上野屋は内の天敵だ」

そして、天井が吹き飛びそうな声で、

「お姉さん」

と、叫んだ。

その声を聞いて人を掻き分けながら女が近付いて来た。赤染より器量がよく赤染より強そうだった。

「よくも妹を虐《いじ》めたな」

「虐められているのは、こっちの方だ」

「妹が泣いているじゃねえか」

「あれは……笑っているんだろう」

「顔の難まで聞かされちゃ、このままでは済まされねえ」

赤染の姉は机の縁に両手を掛けて、えいっとひっくり返した。同じ机にいる客はたまらない。

「姐さん、俺達は何もしちゃいねえ」

「何も彼も気に入らねえ」

妹の方は板場から持って来たらしい出刃庖丁を振り廻す。

「あ、危ねえ。気が違《ちが》やがった」

外に逃げようとすると、

「酒代を置いてけ」

重太郎と奈津之助は上野屋から貰《もら》ったばかりの一分銀を放り出して外へ出た。

「奈津さんが女に弱いとは知りませんでしたよ」

と、重太郎が言った。

「仕方ねえ。弁慶だって女がだめだった」

外へ出てほっとする間もなかった。二人を待っていたように、無言で斬り掛かって来た者がいた。

重太郎は辛うじて体を躱《かわ》したが刃は執拗に伸びて、着物の左袖を切り取った。中に腕があったら、当然切断されていたところだ。

相手は意外な手応えに、力の均衡を崩したのか、二太刀目までに隙が出来た。この隙を奈津之助は見逃さない。大胆にも刀を持っている腕に飛び掛かり、逆手に捻じって骨をへし折ってしまった。

「名を言え」

重太郎は相手の黒頭巾をむしり取った。奈津之助が落ちている刀を拾い、相手の喉に突き付けた。相手は顔を歪めて、

「こうなっちゃ仕方がねえ。俺は中本安助《なかもとやすけ》という者だ」

「匠戸藩の侍だな」

「……そうだ」

「俺達が京八と仁吉を探しているので眠らそうとしたんだな」

「そうだ。上野屋でお前達の話を聞いていた」

「昨夜、新丸亀屋の二重心中。四人共、貴様が殺したな。京八と仁吉は匠戸藩抱えの時計師だった」

「そこまで知られちゃ仕方ねえ。いかにも、昨夜、新丸亀屋に侵《しの》び込み、四人を殺《や》った。四人共寝ていたので仕事は楽だった」

「二重心中と見せ掛け、蘭田無斎の指図で献上の時計を作った京八と仁吉の口を塞いだんだ」

「……どうしてそれを」

「喧《やかま》しい。いかに計略とはいいながら、罪のねえ女を二人も殺すとは、呆れ果てた畜生だ」

重太郎が言い終らぬうち、中本の口から血の泡が吹き出した。

「いけねえ。舌を嚙んだ」

と、奈津之助が言った。

そのとき、地響きが起こった。ほとんど同時に、夜空に真っ赤な火柱が吹き上がる。

「土牛の屋敷の見当だ。火薬が爆発したんだ」

奈津之助は中本の身体を地面に投げ捨て、背伸びして火の粉を吹き散らす火焔《かえん》を見上げた。

どこからともなく近付いて来る二つの黒い影。

「仕事は片付いた。そろそろ逃げますよ」

智一郎が身体を一つゆすると、黒い装束がするすると消え、普通の羽織袴姿に変化した。


翌日、重太郎が雲見櫓に登ると、智一郎がぼうっとして雲を眺めていた。

そのうち、奈津之助と猛蔵も揃う。四人は昨夜のことが何もなかったような顔をして雲を見上げていた。

しばらくすると、側衆の鈴木正團が櫓に登って来て、上様がお成りだという。

櫓に来る家定はいつもの通り小姓達を遠退けて、側近は正團がただ一人である。

「土牛与常は切腹したそうじゃ」

と、正團が言った。

「深川の屋敷はその前に焼失した」

「それは、それは」

と、智一郎が言う。

「地震時計をよく爆裂時計と見抜いた。さすがだな」

「はい、あの時計の重さが気に入りませんでした。お時計方は地震のとき時計が転ばぬよう、下部を重くしてあるのだと申されましたが、これはおかしい。地震時計は地震の予報ゆえ、予報した後でなら転ぼうが毀《こわ》れようが関係ないと考えました。更に内部を調べましたところ、隠されていた発火装置を発見したのでございます」

「うむ。どんな発火装置であった」

「はっ。いつぞや上様が藻湖に下しおかれましたピストルと同じ、火打式で定められた刻を針が示したとき、自動的に発火する装置でございます」

「それは、いつじゃ」

「多分……今夜、丑《うし》三《み》つ（午前二時ごろ）の刻だと考えます」

「うむ。時計を調べるためには分解したのだな」

「はい。全てをばらばらにして」

「もし爆薬が発見されず、時計が動かなくなったときは、どうする気だった」

「……潔《いさぎよ》く、その場で切腹」

正團の目が嘘を吐《つ》け、と言っている。だが、家定はいたく感動したようで一人一人に労《ねぎら》いの言葉を掛け、最後に重太郎の方を見て、満足そうに、

「どうじゃ、妻女は。美形であろう。仲良うしておるか」

「はっ……」

「だが、今度の手柄も妻女に語れぬのが残念じゃのう」

主謀者と思われる土牛与常が死んでしまったため、どんな理由で家定の命を狙ったのかは謎に包まれたままだった。

「人はときどき道筋の外れた方向に突っ走ることがあるので飽きませんな」

と、智一郎は言った。有江屋での経験を思い出して、重太郎は智一郎の言葉を妙に納得したのである。

女方の胸

「それでは二ノ二に金《きん》を動かしましょうか」

「ほう……金を只《ただ》でくれるというのですか。それでは遠慮なく同じく玉《ぎょく》。や……これは鬼手《きしゅ》ですな。しかし……取らないわけにはいきません」

「そうして、一ノ一に角を打ちます。王手です」

「む……詰んでしまいました。投了《とうりょう》、負けです」

そう言って、緋熊重太郎《ひぐまじゅうたろう》は頭を下げた。亜智一郎《あともいちろう》はにこっと笑い、煙草盆を引き寄せて筒から煙管《キセル》を取り出した。変にぐにゃぐにゃした銀の延《の》べだった。

「頭《かしら》はほんとうにふしぎな将棋をさしますね。いつ私の形勢が悪くなったのやら、まるで判らないうち、負けになってしまいました」

「そう、はじめは緋熊さんの方が断然有利でしたよ」

二人の前に将棋盤が置いてあるわけではない。盤はそれぞれの頭の中にあって、駒の動きを口だけで進めるいわゆる目かくし将棋。

智一郎は江戸城内の雲見番番頭《くもみばんばんがしら》、重太郎はその配下の雲見番同心《どうしん》。二人は雲見櫓《やぐら》の上にいて、勿論、勤番中の身体だからいくら閑《ひま》だといって、将棋盤を囲むことはできない。幸い二人とも、盤などなくても将棋をさせる棋力を持っているので、退屈して死にそうになることはない。

他から二人を眺めると、似たような侍が二人、ぼうっと空を見上げているだけのように見えるが、その実、二人の間では丁丁発止《ちょうちょうはっし》の合戦が繰り広げられているのだ。

桜も終り、諸大名の参府交代も一段落、町方では奉公人の出替りも済んだ三月の下旬。暑からず寒からず忙しさもないこのごろで、櫓の上にいると日に日にあたりの緑が濃くなっていくのが判る。将棋でもささなければ居眠りがでてしまいそうだった。

「頭は王様をほとんど囲いませんね」

と、重太郎が言った。智一郎は煙管で灰吹きを叩き、

「そう。恥かしながら私はきちんと定跡から習ったわけではないので、王様の囲い方を知らないのです」

「それにしても強い。名人に定跡なしとは頭のような将棋を言うのでしょう」

「いや、元元、型に嵌《は》まったことが苦手でしてね。ですから、料理でも本膳などを出されると、作法が気になって味が判らなくなります」

「矢張り、有り合わせの肴を前にして、だらだら飲んでいる方がよろしいですか」

「それに限ります。とくに、このいい季節には、自堕落《じだらく》にしている方が一番です」

「……頭はそれができるから果報者ですよ」

「おや……緋熊さんはそうでないのですか」

「家内が酒を嫌うのです。締まりのない酒の飲み方をしていたら、すぐに叩き出されてしまいますよ」

「そうでしたか。しかし、緋熊さんの奥方は賢夫人の誉れが高い」

「いや、あまり才女すぎるのも考えものです。手前が元元上等な人間ではありませんから、

なにかにつけて辛気《しんき》なことが多いものですよ」

「なるほど。連れ合いは良すぎるのも苦労しますか。女子《おなご》は難しいものですな」

「それで、頭はまだ独り身なのですね」

「いや、そういうわけでもありませんが、帯に短し襷《たすき》に長しで、どうも将棋のようにうまい詰めがかかりません」

智一郎は顎《あご》を撫ぜながらそう言ったが、女性を前にするとどきどきして口もきけなくなる、という噂がある。智一郎は女性の話を退けるように、

「酒というので思い出しましたが、大昔の将棋には酔象という駒があったそうですね」

「……スイゾウ、ですか」

「そう。酔った象と書いて酔象。この駒は王将の上に並べて、敵陣に入ると太子《たいし》に成ります。太子は王将と同じ動きをして、王将が詰まされても太子が生きていれば、まだ将棋は負けになりません」

「ほう……なにやら複雑そうですね」

「そう、複雑で終局まで手数がかかります。将棋はあまり手間取ってはいけません。それで酔象はすたれてしまったんでしょう」

「王将と太子。二代も続く戦いじゃ大変です。面白そうですが盤なしでは覚えきれませんね」

「では、酔象は抜きにして、もう一局、お手合わせを願いましょうか」

「それでは私が先手で……」

重太郎は言いかけて口を閉じた。櫓を登って来る足音が聞こえたからだった。

鈴木《すずき》阿波守《あわのかみ》正圓《まさあつ》、髪に白いものが混りはじめた五十代はじめ。麻《あさ》の半裃《はんがみしも》は二藍《ふたあい》の行儀霰《ぎょうぎあられ》で、紋は丸に唐木瓜《からもっこう》。雲見櫓の上に立つと、しばらく目を細めてあたりの景色を見渡していたが、

「なるほど、ここは埃《ほこり》っぽくない別天地ですな。ここにいると、下界のごたごたは蝸牛角《かぎゅうかく》上《じょう》のことに見えますな」

と言い、一見優しそうな細い目を智一郎と重太郎の方に向けた。

「お二方《ふたかた》、そうしていると、なにやら仙人顔に見えます。中に碁盤でも置くと似合いそうですな」

鈴木正圓、将軍つきの側衆《そばしゅう》で二千石取りの旗本である。正圓が供の者を階下に待たせて、ぶらりと櫓に登って来たのは、勿論、気散じに雲見番をからかうためではない。広い城内といえども、雲見番が将軍直属の機密機関であることを知っているのは、この正圓をおいて一握りの人数しかいない。重太郎の妻でさえ、夫が将軍と間近で話ができる役職についているとは夢にも思わない。重太郎は登城すると、雲見櫓の上でぼうっと往く雲を見送っているだけだと受け取っている。

実際、この一年近くはそうした状態にあって、その理由は、

「すでに、あなた方も知ってのとおり、昨年の夏以来、お上《かみ》は病床にあらせられ、身体に震えがきて正坐することもできないありさまでいらっしゃる」

と、正團が言うように、将軍自ら櫓に登ることはおろか、庭の散歩すらできない病状が続いているからである。

十三代将軍家定《いえさだ》は幼時に天然痘《てんねんとう》にかかり、そのため虚弱な体質だった。この年、まだ三十五歳の若さだったが、病いは重くなる一方、典薬頭《てんやくのかみ》が診《み》てとても長くは保つまいという。

「そのお蔭《かげ》で雲見番衆は仙人顔をしていられるが、地上では囲碁将棋どころの話ではない」

と、正團は細い目をきらりと光らせた。

「残念なことに、お上はお世継ぎに恵まれなかった。それで、一日も早くお上の継嗣《けいし》を定めておかなければならない。本来なら、次代の将軍様は尾州殿（尾張《おわり》の徳川家）紀州殿（紀伊の徳川家）水戸殿（常陸の徳川家）、このご三家から継嗣を出さなければならない。というのでご三家を見渡すと、紀州殿の若君で徳川慶福《よしとみ》様。この若君がお上と従兄弟《いとこ》の関係にあって、一番血統が近い。ところが、紀州殿の若君はまだ十三歳でいらっしゃる」

「……若くして御所を継がれた方がいらっしゃったと記憶していますが」

と、智一郎が言った。正團はうなずいて、

「七代様（家継）は五歳で将軍となり、八歳で夭逝された。だが、そのときは世の中が天下泰平だったから、別に問題はなかった」

「まだ、江戸に黒船が出没せず、尊王攘夷《そんのうじょうい》を叫ぶ人もいませんでした」

「そう。現に、清国《しんこく》はアヘン戦争でエゲレスに負け、香港を奪われてしまった。火はすでにすぐ隣まで押し寄せている時代だ。われわれは天地開闢《かいびゃく》以来の一大事に直面しているのですよ」

「……エゲレス、オランダ、オロシャ、フランス、いろいろな国が通商条約をせまっている最中ですね」

「うん、清国を崩壊させたエゲレスの黒船軍が、今度は日本に向かっている。それを知った下田の駐日総領事、メリケンのタウンゼント・ハリスが日本が清国の二の舞をさせられることを恐れて、公儀に進言している。他の国よりも早くメリケンと条約を結んでしまえば、エゲレスと清国が締結した南京条約のようなひどい不平等条約を逃れることができる。日本がいつまでも開国しないでいると、エゲレスのいいようにされてしまう」

正團は口では日本の危急存亡を言いながら、懐からオランダ渡りのパイプを取り出すと、のんびりと火をつけて、

「だから、メリケンとの条約締結はのっぴきならないところまできている。大老老中《ろうじゅう》以下、ハリスの言い分を聞こうとしているんだが、これればかりは大老だけの判断でうんとは言えない」

「……京都の勅許《ちょっきょ》が必要なのですね」

「そうだ。禁中がうんと言わないと、どうすることもできない。だが、ここだけの話になる

が、京都の公卿さんたちは、誰も異人と聞くだけで嫌な顔をする。この神国日本に卑しい夷《えびす》が踏み込んで商売をするなど言語道断だという。もっとも、公卿さんと言や、千年この方同じ生活をしている世間知らずばかりだから、異人と仲良くしろと言うのも無理な話だ」

「……そんな国の危機に、幼少の御所では困るというのですね」

「そうだ。ご三家に適当な若君がいないとき、ご三卿の中から継嗣が選ばれるときがある」

三卿とは田安《たやす》、一橋《ひとつばし》、清水の三家で将軍に嗣子のないときは将軍を継承する資格を持っている。今、水戸の徳川斉昭《なりあき》の七男で、一橋家を相続した一橋慶喜《よしのぶ》という、二十二歳で賢明の名が高い青年がいる。

この慶喜を立てて次代将軍にという動きが以前からあった。これから先、いろいろな国の大使と将軍との謁見が考えられる。そうしたとき立派な人物が必要で、慶喜の擁立を策していたのは老中阿部正弘《あべまさひろ》、水戸の斉昭、薩摩の島津斉彬《なりあきら》たちだった。

現将軍家定の御台所《みだいどころ》は、二年前に結婚した斉彬の養女敬子《すみこ》だから、すでにそのときから工作がはじまっていた。

「なんでも、外国の王様が王位を譲れるのは、直系のお子か兄弟に限られているそうですな。ですから、今のお上が逝去されれば、外国でしたらただちにお家は断絶でござる」

正團は公儀の耳にでも入ったら、ただでは済みそうもないことを涼しい顔をして言う。

つまり、血統を重視するより、人望ある後継者を、というのが新しい考え方なのである。

一方、依然、旧来の仕来りにこだわり、慶福を継嗣に立てるべきだと主張して譲らない一派がいる。

勿論、慶福のいる紀州の人たち、彦根藩主井伊直弼《いいなおすけ》、そして大奥。

この、俗に美女三千人を擁するといわれている大奥の発言力を侮ることはできない。以前、政治改革の途中で、退官に追い込まれた老中がいたが、厳しい倹約を強いられた、大奥の反感を買ったからだといわれたほどだ。

大奥はもともと、質実剛健を重んじる水戸斉昭を嫌っていた。

「そのように城内が真っ二つに割れているのでは、この先、継嗣がどなたに転んでも、丸く納まりそうにありませんな」

と、智一郎が言った。正團は細い目を更に細くしてじっとしていたが、やおら懐に手を入れると一通の書状を取り出した。

「先ほどお上に呼ばれ、中奥《なかおく》ご寝所に行くと、お上は座敷の人払いをさせた上、そっとこの書状を手渡され、雲見番へ、とだけおっしゃった」

拡げると美事な女筆が流れはじめるかのように書かれている。かな文字はとめどもなくなまめかしいが、慣れない目にはかなり読みにくい。ゆっくり字をたどると、次のような意味だった。

このような文《ふみ》を書いてはいけないのだと承知していながら、夜となく昼となく、ただお姿のみ目にさえぎり、忘れようとすればただ涙となる日日でございます。

お城を出て町方で暮すようになってから、あなたさまのお子を宿していることがしれました。もちろんこのことは誰にも明かさずわたしの胸一つにしまい、先月、無事お男子出生、推蔵《すいぞう》さまと名付け、大切にお育て申し、成人したときには深く仏門に帰依《きえ》していただく所存でございます。推蔵さまがあなたさまによく似ていらっしゃるのがうれしく、思い切って筆を取りました。あなたさまも、どうぞお元気で立派な将軍さまにおなりください。

天保庚子十一月　　　　　　　　　　みの

読み終えたが、一同、声も出ない。雲見櫓の上に、突然、大雷が落ちたようなものだ。もはや、継嗣がどなたに転んでも丸く納まりそうにもない、などと呑気なことは言っていられなくなった。

正團は二人の反応を面白そうに見較べていたが、

「天保庚子というと、天保十一年。十八年前のことになる」

と言いながら指を折り、

「お上が十七歳、西丸様であられたときのことだ」

と、言った。

西の丸は本丸御殿の西側に建てられ、本丸を一回り小さくした御殿で、引退した将軍、大御所《おおごしょ》や将軍の若君が住んでいて、北側には大奥もある。

「お上だって生まれてからこのかた、病気ばかりなさっていたわけでもない。勿論若くてお元気だったこともある。西丸様のとき大奥の女中に手を付けられた。それが、このおみのというお方だ」

正圓の言葉を聞いて、智一郎が首をひねった。

「その、おみのさんはお手が付いたにもかかわらず、お暇《いとま》になったようですね」

「うん、おみのがお暇になった翌年、つまり天保十二年に、お上は正室を迎えていられる。鷹司関白政通《たかつかさかんぱくまさみち》様の養女で有君《ありぎみ》、お上の御台所になって、十年足らずでご逝去になり、天親院と呼ばれているお方だが、その有君の手前、おみのが沙汰《さた》止みになったと思う」

「なるほど……しかし、お手付きなら、お内内《ないない》になっても町方へ住むようなことはないと思いますが」

「うん、本来なら一生奉公になるな。もし、お上が逝去されれば、髪を下ろし桜田の御用屋敷に入って余生を過ごさなければならない。これにはきっとわけがあると思う。それを探り出すのが頭、雲見番の仕事だ」

「はあ……」

「おみのの手紙はどういう手段でお上の手に渡ったか判らないが、西の丸は本丸ほど厳しくはなかろうから、識《し》り合いのお女中の宿下がりのときにでも頼んだものだろう。おみのも書いているとおり、お役が沙汰止みになれば一切お城とは縁が切れている。手紙などももってのほかだが、生んだ子供の顔を見ていると、このことをどうしてもお上に知らせたくなったのだ」

「その気持、判ります」

「お上がおみのの手紙を捨て去らなかったのは、未練があってのことだったと思う。その、十八年前の手紙を取り出したのは、今、お世継ぎで城内がごたついているのをご心配になったからだ」

「とすると……おみのさんが生んだ推蔵様を表向きになさるお心ですか」

「それよりない。おみのと推蔵様を探し出せば、すんなりとお世継ぎが定まってしまうな」

「……つまり、そのお二方を探し出すのが今度の仕事なのですね」

「そう。たぶん、お上への最後の奉公になると思う。そのつもりで働いてもらう。勿論、秘密は厳守である」

「……は」

「雲見番、あとの二人、古山《ふるやま》奈津之助《なつのすけ》と藻湖猛蔵《もこもうぞう》は非番かな」

「おおせのとおりで」

「お二方が見付かるまで、非番はあるまいな」

「重重承知しております。それで、おみのさんの手紙の他、どんな手掛かりがございますか」

「いや、ない。この手紙だけだ」

「……おみのさんの生家、親元などは」

「それも判らん。判っておれば、雲見番の手は借りない」

「……とすると、西の丸の大奥に古くから奉公しているお女中が何かを知っているはずですから――」

「それは、まずいな。大奥は男子禁制。頭のような男前が女中と話していると騒動になる。もし、隠れてそれができたとしても、なぜ昔のおみののことを尋ねるかと訊《き》かれて何と返答する」

「……おみのさんに用立ててやった金を思い出した」

「十八年も前の貸し金を、かね」

「だめでしょうね」

「まあ、だめだ。しかし――」

正團は懐からもう一通の書状を取り出した。

「この者を訪ねてみなさい。何か聞き出せると思う」

書状の上書きには「新門《しんもん》辰《たつ》五郎《ごろう》殿」とありその下にはＭＡというおらんだ文字が印されていた。

「言うまでもないがこれは極秘の仕事。古山さんは辰五郎とは識り合いだから連れて行かない方がいいでしょう」

と、正團は書状を智一郎に渡しながらそう言った。

「阿波さんもまだ相当に蘭癖《らんぺき》が強いようだ。相変わらず自慢の袂《たもと》時計の金鎖をちらちらさせているかい」

「いや、城内ではごく普通です。人目のないときパイプを撫でるていどで」

「そうだろうな。いつか、屋敷に呼ばれて、ちんたてえ酒でちいずとやらいうものを食わされたよ。旨くもなんともねえ。その分だと攘夷論などどこ吹く風だ」

辰五郎は正團のおらんだ文字の書き判を見てそう言い、書状を読みはじめる。

浅草伝法院前の新門辰五郎の家。浅草の町火消を組の頭で、大勢の子分を抱え、いつもは浅草寺の掃除方を請負っている。辰五郎が十二のとき、煙管職人だった父親が誤って失火し、償《つぐな》いのため火に身を投じて死亡した。それを見て火消を志したのだという。以来、大火のあるごとに名を挙げてきた江戸の名物男。年は六十に近いはずだが、精悍な身体は若者に負けるとは思えない。

辰五郎は正團の手紙に目を通すと、智一郎と重太郎の方を向き、

「阿波さんはこの辰五郎に、尋ねたいことがあるとおっしゃる。何なりとお訊きください」

智一郎は少し前に身体を乗り出した。

「それでは、少し古いことなのですが、天保九年、城内から出火し、西の丸が焼け落ちた火事がありましたが、そのときのことを少し話してもらいたいのです」

傍で聞いていた重太郎は驚いた。推蔵が出生する二年前である。いつ調べたのか、智一郎

が新門辰五郎の名から西の丸の火災を結び付けたのは、思考の妙であると思う。

辰五郎はにこっとして、

「ああ、あの火事ですかい。忘れもしねえ、三月十日の朝まだきでしたよ。あっしもまだ若かった。お城が火事だというんで、駈け付けてみると、もう町方も城内に入って活躍している。こっちも負けちゃあいられません。もう、命懸けだ」

「そのときの働きで、町方に褒美が出たそうですね」

「そうなんだ。だが、あとで聞くと、頭の固《かて》え老中がいて、町方を城内に入れるなと言ったそうだが、三枝某《なにがし》というお目付《めつけ》が、そんなことを言っている場合ではないと、町火消を城内に入れ、ご自分は折った松の枝を手にして指揮を取った。お目付というのは偉いもんだねえ」

「そう。お目付は間違っていると思うと、上様や老中にもものが言えます」

「その人のお蔭で災害は西の丸だけで済んだんです。御切手御門、裏御門は定火消と町火消で消し止め、大番所、西丸御留守居詰所は町火消だけで守り抜いたよ。もし、町火消が城内に入らなかったら、疑いもなく火は蛤堀《はまぐりぼり》を飛んで本丸をも焼き尽していたに違いねえね」

「それは大層なお手柄でした」

「そのときの働きが買われたんでしょう。その後、火事の後始末、西の丸の普請も手伝うことになった。あっしのを組でも、定められた人数の鳶《とび》の者と人足をお城に送り込みましたがね。毎日、町役人《ちょうやくにん》が付き添って、外桜田門から城内に入る。西の丸に行くまで、いくつ門まって、これを大層お気に入ってくださいましたよ」

「まず、がさつな者たちですからね。でも、鳶の者が歌う木遣《きや》りの声が大御所さんの耳にと

「お城の仕事は気骨が折れるでしょう」

をぐるか算《かぞ》え切れねえ」

「そのころの大御所様は、文恭院《ぶんきょういん》様でした」

将軍家定の祖父に当たる十一代将軍家斉《いえなり》は、当時、引退して西の丸に移っていたのだ。

この家斉は家定と違い、正室のほか側室が四十人もいて、五十五人もの子女を生ませたという記録保持者。

「西の丸が焼けた後、大御所さんと若君は二の丸に移っていらっしゃったが、傍で木遣りが聞きたいというご内意が伝えられて、声のいい何人かが二の丸のお庭に出て、自慢の声で、祝儀歌をお聞かせしましたよ。普請はその年を越して、翌年の十二月になって終ったんですが、その間、何度か鳶の者が二の丸に出向いて木遣りを歌いました。一度は二の丸大奥に行ったこともありましたね」

「ほう……大奥に、ですか」

と、智一郎は身体を乗り出した。

江戸城の本丸御殿はざっと一万坪。西の丸御殿はほぼ六千坪あまり。二の丸は西の丸の半分の規模、といっても三千坪もの御殿に大奥もあって、勿論、男は大御所と若君のほか入ることはできない。だが、大奥に閉じ込められている後宮の女官たちが、いつもなら見ること

もできない町方の鳶の者が城内に出入りしているので、家斉も感心した木遣りを聞きたいという、強い所望が通ったものらしい。

「大奥と言や、豪的な花園ですからね。おれたちも張切りましたよ。勿論、御台様は大御所さんと同じで、御座の間の簾《みす》の奥にいらっしゃるからお顔は見えませんが、お女中たちはお庭に居並んで、そりゃ芝居でも見ているようでした。これには後日話がありましてね。そのとき、大奥に呼ばれた若様が、お女中の一人に目を留められて、後でお手がついたということですよ」

「……それは、西の丸が焼けた年でしたか。それとも」

「次の年でしたね。普請が終る少し前でした。なんでも、お次《つぎ》のお女中で、名をおみのさん」

「そんな大奥のことが、よく頭の耳に入りましたね。私など長いことお城に勤めていますが、よほどのことがないかぎり、大奥のことはさっぱり判りません」

辰五郎は得意そうに笑って、

「なに、大奥にゃ町方の娘がかなりご奉公していましてね。ご存知でしょうが、お次とかお三《さん》の間《ま》のお女中は、催しがあるときは召し出されるので遊芸一通りを心得ていなきゃならねえんです。それにゃ、旗本などのお嬢様などより、町方の娘の方が小せえときから踊りや歌の稽古事をしていて遊芸の達者な子が多い。この町内にもそういう子がいましてね。お三の間勤めで名をおまき。あっしが知っているのはすばしこい、飛びあがりだったんだが、大奥に召し出されて木遣りを歌っていると、そのおまきが髪を御殿風に結い、縮緬《ちりめん》の総模様を着込んで、ちゃっかりとお女中の中に居並んでいました」

「若君のことは、そのおまきが話したのですか」

「そうなんです。宿下がりのとき、ここへ挨拶《あいさつ》に来て、ちらりと洩《も》らしました。お城でのことを喋るのは固いご法度《はっと》だそうですが、なにせ口の軽い子で、あっしと大奥で顔を合わせたことがあるんで、つい気を宥《ゆる》したんでしょう」

「それで……若君のお手が付いたというおみのさんの実家はどこでしょう」

辰五郎はそこまで精《くわ》しく聞いたわけではなかった。

智一郎がその後のまきのことを訊くと、辰五郎はそれならよく知っていると言った。まきは二十二歳のときお暇をいただき、浅草六軒町の高砂屋《たかさごや》という菓子屋に嫁入りした、という。

ことが大奥だから、かなり難しい仕事になると思っていたが、辰五郎の口から糸が解けはじめた。

智一郎と重太郎はその足で六軒町へ。

高砂屋は鶴と亀との形をした打ち菓子が売り物の店で、店構えは大きくはないが、かなり繁昌《はんじょう》している菓子屋だった。

まきは四十前後、店にも出て愛想良く客を扱う堂堂とした内儀だった。

はじめ、まきは大奥のことというので口が固かったが、智一郎が困った顔をすると、態度を和らげた。美男子の愁い顔に弱いようである。一度、話しはじめると、辰五郎が言うように、それからそれへと口が軽くなってしまう。

「懐かしいですねえ、あのころは。でも、誰も話し相手になる人がいなくって、くさくさしているんですよ。忘れもしません、西の丸の火事は。矢張り火消は町方でございますねえ。皆さん若くって、男前で、気っぷがよくって、命知らずで。わたしはどさくさに紛れてずっと火消の活躍をどきどきしながら見ていたのでございますよ」

という工合。

大奥には下下には考えも及ばない、不思議な仕来りが算え切れないほどある。

夜の寝所もそうで、大奥に入った若君は、お番を勤める側室と二人だけということは絶対にない。同じ部屋に添寝役とお坊主という尼僧姿の女が夜を共にするのである。添寝役は夜が明けるとお年寄の部屋に行って、昨夜の委細を報告する。だから、側室は寵愛を受けても、自分の利得になるような願いを言えないばかりでなく、はしたなく乱れることもできない。

傍に添寝役がいようが坊主が目を光らせていようが頓着なく、五十五人もの子を生ませてしまった家斉のような豪傑は別として、若いうちはそれでは困ってしまう。

後に家定と改名した十三代将軍は、元元が逞しい方ではなかったから側室がいてもなすべを知らない。それを耳にした祖父の家斉は、そうした点では第一人者だから、若君付きの中﨟《ちゅうろう》に便宜を図るように命じた。その中﨟の名は福山《ふくやま》と言った。

「いくら大御所様の命令でも、仕来りのやかましいところでございましょう。本丸や西の丸でしたらまず無理な話。でも、西の丸が焼けて二の丸に移っていましたから、なにかと勝手が違い、お年寄《としより》の目を盗むことができたのです。若君のお相手はお次のおみのさん。町方の娘で明るくてはきはきした子でした。そういえば上様の父君、慎徳院様《しんとくいんさま》（家慶）も祖父の文恭院様（家斉）も、御台様は京のお公卿のお姫様でいらっしゃいましたが、どなたも御台様に子はございませんでした」

と、まきは言った。すると、このときの将軍は、京の正室より、江戸育ちの側室の方が好みだったらしい。

それはともかく、福山は若君の意中の人がみのだと判ると、福山についている女中をはじめ、何人かの女中を抱き込んで、お年寄に知れぬよう、若君とみのが二人だけで会える機会を作ってやった。

「表と大奥を結ぶのはお鈴口だけ。その両側にはそれぞれの番人がいるのに、よく秘密に若君が大奥へ行くことができましたね」

と、智一郎が言うと、まきはにっこりして、

「お鈴口の他に、非常のとき使う胎内潜《たいないくぐ》りという地下道がございます。ここは人気《ひとけ》のないところで、若君をそこからお連れしたのです。勿論、番人はおりましたが、金を与えて口留めをさせたのです」

福山としては、将来将軍を継ぐことになっている若君がみのを寵愛し、みのが子を宿せば

お腹様《はらさま》になる待遇。福山もそれに準じる出世ができると思うから危ない橋を渡ったのだが、そううまくはいかなかった。

それでなくとも、羨望や不満が渦を巻いている大奥、密会が度重なってこれが他の女中に知れ、お年寄の耳に入ってしまった。西の丸が再建される少し前のことである。

「若君のお手が付くのはお中臈、その下のお次をご寝所に呼ぶことからして仕来りに反していますでしょう。お年寄は面目丸潰れだとかんかん。頼みに思う大御所様の口利きで、おみのさんは髪を下ろすこともなく、町方に帰されたのです。結局、福山さんとおみのさんは長のお暇、それに関わった人たちはそれぞれお叱りを受けただけでした」

「その、おみのさんの実家はどこにあるのでしょう」

と、智一郎が訊いた。

「なんでも、日本橋南、金六町の魚屋で彦造《ひこぞう》という人の娘だそうですよ。いえ、店持ちじゃなくて長屋住いの振り売り。おみのさんは小さいころ母親を亡くして、八丁堀の嵯峨山流《さがやまりゅう》の踊りの家元の内弟子に入りましてね、筋のいい子ですぐ家元のお気に入りになったんです。その後、お三の間に欠員ができたとき、家元に芸の立つ若い娘を送るように言ってきたので、おみのさんが選ばれてご奉公することに決まりました」

御殿奉公すればいい給金や、四季の仕着せなどが貰える。加えて行儀作法も覚え上流社会の知識も身に着く。これらは得難い財産であり、暇になってから良家に嫁ぐ格好の条件になる。

みのは大奥で蔭日向なくよく働き、お三の間からお次へ登格した。お次というのは御台所の側で、膳部や道具類を管理する役目、狂言や鳴物の催しに加えられるから、遊芸一般の心得がないと勤まらない。

まきは同じお三の間でみのと働いていたとき、気が合って一番の仲良しになったが、暇になってからのみののことは何も知らなかった。

「大奥では年に三、四回、お狂言が演じられます。演じるのはお茶の間のお女中で、江戸三座の新狂言が移されます。お女中は芝居を見に行って新狂言の台詞《せりふ》から衣装、髪型、鳴物、大道具、小道具、全《すべ》て覚えて帰って来て、そのままを作って御台所様にご覧に入れるのです。わたしたちも手伝い、その支度は大変ですけど、普通の勤めとは違って、その楽しさったらありません。お三の間の畳をあげますと舞台になります。幕は縮緬で絹の太い打紐がついていて——」

まきは思い出に歯止めがきかなくなった。

聞いていて、重太郎はなるほど大奥は遊びも桁外れだと感心した。

智一郎と重太郎は、高砂屋を出るとその足で八丁堀の嵯峨山流の家元、嵯峨山初蝶《はっちょう》を訪ねた。

広い踊り舞台のある家で、弟子たちが熱心に稽古している。二人は奥の座敷に通された。

嵯峨山初蝶はもう白髪の混じる髪で、鼻の高い上品な女師匠だった。

初蝶はみののことをよく覚えていた。

まきが言ったとおり、みのは金六町の魚屋の娘で、としというのが本名だという。大奥に奉公すると、本名は使えなくなる。身分に相応する名が付けられるのだ。

としは子供のころ初蝶のところに内弟子として入り、十五、六で師匠の代稽古ができるほどになった。大奥からの要請で、としが城内に入ったのが十七歳、家元ではこれまでも何人か大奥に弟子を送っていた。

その後、としがお暇になって大奥を下がったとき、初蝶のところへ挨拶に来た。初蝶はとしに嵯峨山流の名を与え、独立して稽古所を持たせてもいいという考えを持っていたが、としはすぐに返事をしなかった。

「それが、最後になりましたよ。義理を欠くようないい加減な子じゃなかったはずなのに」

と、初蝶は顔を曇らせた。

「金六町の近くに行ったとき、おとしの長屋に立寄ったことがありましたけれど、もう、そのときには親子の姿は見えませんでした。長屋の人に訊くと、おとしが帰って来ると、父親は相好を崩して、おとしがお暇になってまとまった手当てを頂戴して来たから、これを元手に店を開くのだ、と言って、それからしばらくして親子は長屋を出たきり、音沙汰がなくなってしまった、といいます」

高砂屋のまきも初蝶も、みのが子を宿していることを知らない様子だった。おそらく、当人のみのもまだその自覚はなく、しるしがあってから急に長屋を引き払ってどこかに転宅したのだろう。

初蝶の稽古所を出て、智一郎が言った。

「推蔵、城に入って太子と成るか。それにしても、櫓の上にいるより、地上を歩いていると、妙に腹が減りますね」

足を棒のようにして家に戻ると、美也《みや》が重太郎の前に三つ指をつき、

「お帰りなさいませ。お勤めご苦労に存じます」

と、言った。

一本の後れ毛のない丸髷《まるまげ》、質素な糸入縞《いといりじま》に黒八丈の帯だが、少しの崩れもない着方だった。代代、緋熊家は大手門の番衆というごく軽い身分、生まれたのは番組長屋で、家の中ではどんなにくつろいでも平気だった。それが、雲見番に取り立てられ、美也と一軒家に住むようになってから、美也のいる前ではごろ寝もできない。

重太郎がぼんやりと美也の立居を見ているうち、美也が元大奥の祐筆《ゆうひつ》だったのを思い出した。

「灯台下暗し、とはこのことだな」

「……灯台がどうかされましたか」

「いや……少し話したいことがあります」

重太郎は奥の部屋に行って、美也と向かい合った。

「お前が大奥に勤めていたときは、お祐筆だった」

「さようでございます」

「お上が若君のときは、西の丸の大奥にいられた」

「はい。上様がお世継ぎされて、わたしたちもご本丸へ移ったのです」

「その、西の丸でのことだが、天保九年に西の丸が全焼した」

「はい。話には聞いております」

「そのころ、お次におみのというお女中がいた」

「………」

「嵯峨山流の踊りの上手なお女中だったという。お祐筆なら古い日記などに目を通すこともあるだろう。その、おみのという名を知らないかね」

「わたしが存じていましたら、どうなさいます」

「少少、おみののことについて聞きたいことがある」

美也はきっと背筋を伸ばした。

「これは、旦那様としたことが、何をおっしゃいます。大奥でのことは絶対に他言しないことを誓紙を書いてご奉公するのをご承知のはず」

「しかし……夫婦の間ではないか」

「こればかりは夫や親にも言うことはできません」

「……それなら仕方がない。飯にしよう。飯を食って、早く寝る」

「お休みになるのは結構ですが、今夜はお近付きにはなれません」

「障《さわ》りか」

「いいえ、忌日《いみび》でございます」

「……誰のだ」

「天親院様の命日です」

「上様の御台所だったお方だ。天親院様にもまだ義理を立てているんだ」

「はい。大奥の仕来りでございます」

重太郎はうんざりした。将軍家定は二人の正室を病いで亡くしている。それに、代代将軍の命日も加えれば、一年中忌日ばかりになってしまいそうだった。


みのが嵯峨山流家元の弟子で本名をとしと言っていたことが判っただけで、大奥から下がってからのみのの行方はぷっつりと途絶えてしまった。極秘を要する追跡だけに、困難もひとしおだ。

唯一の手掛かりはみのの父親の彦造。行商の魚屋だったが、みのが大奥から頂いた手当てで、魚屋の店を作る、と張切っていたという。

雲見番の四人は、手分けをして天保十年以降、新規の店を開業した魚屋を探し廻った。それから一月にもなるが、江戸中の魚屋を虱《しらみ》潰しに尋ね廻って、彦造が出したという店らしいものが見当たらない。

その日も重太郎は千住あたりにまで足を伸ばしてみたが、矢張りそれらしい魚屋には出会えなかった。

――ひょっとして、みのは江戸にいないのではないか。

と、重太郎は思う。

――そういえば、浅草蔵前の仇討や、四谷塩町の仇討も、仇を見付けるまで七年もかかっている。この分だと、京大坂はおろか、四国や九州まで探さなければならなくなりそうだ。落行く先は九州相良《さがら》か。ここしばらく芝居見物どころではなかったな。

帰り途、浅草寺に参詣して伝法院あたりを歩いていると、宮地《みやち》芝居の幟《のぼり》が重太郎の目に入った。

――ほう。門脇杜若《かどわきとじゃく》が出ている。青衣霧之丞《あおいきりのじょう》も一緒か。

重太郎の足は、幟の文字に吸い寄せられるように芝居小屋の方に向いた。小屋の前は身動きもできないような人垣が作られている。

――今日は紋日（祭日）でもないのに、大変な人気だな。

杜若の芸、霧之丞の美貌、ともに猿若《さるわか》町三座の大芝居に出しても引けはとらないのだが、重太郎は二人がこれほど人を集めた場面を見たことがなかった。

芝居の演題は『成田山相思鳴上《なりたさんおもいなるかみ》』。鳴神物のようだ。

重太郎が看板を見上げていると、客を仕切っていた芝居の若い者が声を掛けた。

「旦那じゃあございませんか。今、ちょうどいいところがはじまります」

顔見知りの男だった。若い者は先に立って小屋の裏へ案内し、楽屋口から桟敷《さじき》の後ろに重太郎を立たせた。

「ご覧のとおりの入りで、今、席を用意しますから、しばらくここでご見物なすっていて下さい」

と言い残して傍を離れた。

『鳴神』は市川団十郎の家の芸である。それに遠慮してか外題《げだい》に「鳴上」の字を当てたのだろうが、幕が上がると道具は、下手《しもて》に滝を配し、上手《かみて》には庵室、市川家の『鳴神』と変わるところがない。

配役は鳴神上人が門脇杜若、雲の絶間姫《たえまのひめ》を青衣霧之丞。

昔、何百日も雨の降らない日照りが続いた。宮廷に敵意を持つ鳴神上人が、雨の神である龍を滝の中に閉じ込めてしまったからである。

何とかしてその法術を破らなければならない。宮廷に選び出されたのが、貴族の娘で美貌の雲の絶間姫だった。

その幕は絶間姫が上人のいる庵室を訪ねるところからはじまる。

大芝居との違いと言うなら、上人を色仕掛けで迷わせる姫の手管が鬼気を感じるほど真に迫っている点だ。赤子のときの母の乳房より知らぬ上人、姫が語る恋の話を聞いただけで壇から落ちて気絶してしまう。姫は滝の水を口に含み、口移しに上人に飲ませる。

この場面も型ではなく、二人はしっかりと唇を合わせたのである。そして、それがごく自然に見えるのが、二人の上品な美しさであった。

それをきっかけに、姫の手管はますます過激になっていく。そして、最後には上人がものの美事に堕落《だらく》し、法術が破れて大雨を降らせるのだが、重太郎は二人の見せ場で飛び上がるほどびっくりした。

姫がこれも手練のうち、嘘の癪《しゃく》に苦しむふりをすると、上人は抱き起こして胸に手を入れて押そうとするが、はっとして手を引っ込める。

「なんじゃえ」

と、姫。

「……今、味なものが」

「お手に触ったかえ」

「あの胸郭の間に、何やら柔らかな……あれはなんじゃ」

「お師匠様としたことが、あれは乳じゃわいな」

「なに、乳か。赤子のときありがたくも母の乳で育ったが、あの乳か」

「はい。乳脈を取って下さんせ」

「おお……これが乳で、その下が鳩尾《みぞおち》……さも肌理《きめ》細やかな……この鳩尾の下が臍《ほぞ》、臍から丹田《たんでん》、丹田から……極楽浄土――」

「お師匠様、苦しいわいな」

「では帯を緩めて進ぜよう」

杜若が帯に手を掛ける。しだいに帯が崩れ、衣装が花弁《はなびら》のようにむしられていくと、霧之丞の胸に玉のような二つの乳房が露わになったのである。

幕が下りるのを待ち兼ねて、重太郎は楽屋へ行った。

「しばらくお見えがありませんでした。お元気ですか」

と、頭取《とうどり》がいつもの笑顔を見せた。重太郎はそれどころではない。

「頭取、霧之丞は女性だったのか」

「ご覧になりましたか」

「うん。今、この目で見たばかりだ」

「江戸に黒船が来るようになってから、どうも客の入りが悪いものですから、ここで一番、取っておきのを出してみました」

「なるほど、客は押すな押すなだが、昔から芝居に女はご法度。寺社奉行の耳に入ったら一大事だ」

火鉢の上の鉄瓶《てつびん》が音を立てはじめた。頭取は鉄瓶の蓋を取り、草根木皮のようなものを入れた。

「役人でしたら、よく効く薬がございますよ」

「……鼻薬《はなぐすり》を使うのか」

「はい。霧之丞はよく作られたおらんだ渡りの肉襦袢《にくじゆばん》を着ていることになっています」

楽屋を出た重太郎の頭には、いつまでも霧之丞の白い肌がちらちらしていた。

「今から一月ほど前、呼び出されて楽屋裏に出ると、ものをも言わず、いきなり斬《き》りかかってきた黒装束の者がいました」

「そりゃ、危ない」

「そのときは辛くも体を躱《かわ》して、楽屋に逃げ込みましたが、二度目はその翌日。芝居がはねた夜、何者かが小屋に火を放とうとしました」

「……とんでもない奴だ」

「幸い、そのときは若い者が早く見付け、大事に至らず消し止めましたが、火で私をあぶり出し、外に出たところを斬ろうとしたに相違ありません」

紫縮緬に裾を白くぼかした曙染《あけぼのぞめ》の着物に、扇染《おうぎぞめ》の帯、丸に三《み》つ河骨《こうほね》の紋をつけた黒羽織で髪は楽屋銀杏《いちょう》。あでやかな霧之丞は優しい口調で、殺伐な話をはじめた。

蔵前の料亭「津留岡《つるおか》」の奥座敷。仲居を座敷から外して話しているのは、霧之丞と宮前座の頭取、亜智一郎と緋熊重太郎の四人だった。

霧之丞は美しい手で智一郎と重太郎に酌をしながら話を続けた。

「それ以来、恐ろしくて芝居小屋から一歩も外に出られなくなりました。一度ならず二度まで命を狙われた。頭取から心当たりはないかと尋ねられて、私は昔、母に言われたことを思い出しました」

「つまり、十八年前、太夫を生んだお母さんは、西の丸の大奥に勤めていたおみのさんだったのですね。あなたは推蔵様でいらっしゃる」

と、智一郎が言った。重太郎から霧之丞の話を聞いたとき、白目を出してびっくりした智一郎だったが、今は世間話でもするような調子だった。霧之丞はうなずいて、

「それより以外、考えられません。世上《せじょう》の噂ですと、今、ご公儀では将軍様のお世継ぎ問題でごたごたしているそうです。そんなとき、私の存在を知って、私がのこのこ表に出て来ることを恐れた何者かが、私を闇に葬ろうとしたのでしょう」

「表に出る気持があれば、とうにそうしていたでしょう」

「その通りですよ。母は上様のお墨付《すみつき》を持っていましたから」

「……そのご親書は？」

「私が子供のとき、近所の子から親なし子だと苛められたことがありました。それを母が知って、お墨付を見せてくれ、こういうときのため大事にしていたもので、お前が見て納得したら用はないと言い、そのまま火にくべてしまいました」

「……欲のないお方だ。それがあれば、困ったときの助けになるはずだが」

「いえ。大奥は極楽ではあるけれど、それに見合う地獄もある、と母は言っていました。大奥でどれほど数多くのお女中が泣かされているか、はっきり見て来たから、お前をそこには近付けさせたくないのだ、と」

「……お母さんも上様との仲を裂かれてしまった。地獄の苦しみを味わったのですね」

みのの父親、彦造は念願がかない、駒形町の表通りに魚屋を出した。だが、長くは続かなかった。店はうまくいっていたが、持ちつけない金を懐にして、つい賭博場に行ったのが間違いだった。店は人手に渡り、彦造は二、三年後に亡くなった。霧之丞が役者になったあと、おみのは安政《あんせい》の大地震のときより行方が判らない。

「それにしても、よく私が推蔵だということが判りましたね」

と、霧之丞が言った。智一郎はちょっと髷に手をやって、

「そりゃ、一月も推蔵様を追い廻していたんだからね。芝居の女方が胸を露わにするなど、前代未聞だ。普通ならただ人気取りのためだと思うだろうが、私のつむじは少し曲っているらしい。ご法度に逆らうようなことをするには、もっと深い事情がなければならない。後継問題に関わりたくない推蔵様なら、江戸中に自分が女だということを広めたくなるはずだ、と思い付いたのだ」

「私が雲の絶間姫を演じるようになってから、身辺に怪しい者は一人も現れなくなりました」

「そりゃあ、結構だ。太夫を襲った奴等は私たちより一歩早かったが、乳房だけで欺されたようだから、まず勝負は五分。それにしても、頭取。太夫を変生《へんじょう》させたのは、誰の智慧だ」

頭取はほっとしたように盃を乾して、

「いつか長崎に旅廻りをしたとき、霧之丞を見たオランダ人がびっくりして、太夫が男の証

拠を見せろと言って聞かねえんです。それで証明してやったところ、大変感心されましてね。オランダではそういう芸はないが薬でならできると言い、秘伝の薬の合わせ方を教えてくれました」

「どんな薬だ」

「オットセイの子袋《こぶくろ》から作った薬が主で、それにオランダビユ、サネカズラ、コノテガシワなど煎じ、最後に白水《はくすい》というのを少少加えます」

「白水というと、若い者の溺《でき》（小水）だ」

「はい。使いはじめて十日もすると効力が現れました。まことに不思議な薬で」

智一郎は霧之丞の方へ顔を向けた。

「太夫、どうかね。胸が丸くなった気分は」

「お客様が喜んでくださるのはいいんですが、困ることもございます」

「どんなとき、困る」

霧之丞はそれには答えず、頬を赤くして下を向いてしまった。


その翌日、彦根藩主井伊直弼が大老職についた。この大老就任は将軍継嗣に慶福をおす紀州派の工作が成功したのである。

直弼は大老になると、すぐ強引に予定通り次期将軍を慶福に内定し、安政五年六月一日には諸大名に登城を命じ、継嗣決定を正式に発表し、朝廷へもこれを報告した。

血の気の多い古山奈津之助や藻湖猛蔵は雲見番の任務が遂行できなかったのをしきりに口惜しがったが、どうすることもできなかった。

六月十九日、直弼は朝廷から許可を得ないまま、アメリカと日米修好通商条約を調印した。

翌月六日、将軍家定の病気が悪化、三十五歳の生涯を閉じた。死因は脚気《かっけ》衝心《しょうしん》であった。

ばら印籠

「相変わらずここは仙境のようですな。酒でもあれば申し分がない」

雲《くも》見櫓《みやぐら》に登ってきた鈴木《すずき》阿波守《あわのかみ》正團《まさあつ》は、控えている四人の雲見番を見渡しながらそう言い、どっかりと前に坐り、懐からオランダ渡りのパイプを取り出した。

番頭《ばんがしら》の亜《あ》智一郎《ともいちろう》が煙草盆を正團の前へ差し出す。

「お役目中ですから、酒というわけにはいきません」

「それはそうだ。こんなところで雲を見ながら酒など飲んでいるのを俗界の者が見たら、只《ただ》じゃ済まない。この櫓が叩き毀《こわ》されてしまう」

正團はそう言って、真顔になり、

「早いもので、温恭院様《おんきょういん》（十三代将軍、徳川家定《いえさだ》）が卒去されてから、もう一年がたってしまった」

智一郎も神妙な顔をして、

「そうでした。私どもも一日でも長く、上様《うえさま》の御用を勤めとうございました」

「それはそうだ。雲見番衆は皆、一騎当千の兵《つわもの》揃《ぞろ》い。お上《かみ》の御用がなくなれば、腕が鳴って仕方がないでしょうな」

正團は智一郎と緋熊《ひぐま》重太郎《じゅうたろう》の顔を見較べながらそう言った。

智一郎の隣にいた重太郎は、自分の心の奥を覗《のぞ》かれたような気がした。雲見番のうちで真の兵と言えるのは、古山《ふるやま》奈津之助《なつのすけ》と藻湖《もこ》猛蔵《もうぞう》の二人だけ。肝心の組頭、智一郎は武術の腕は相当なのだが、極めて気が小さく、自分から敵に立ち向かったことがない。重太郎の方は更に輪をかけていて、元元、侍には向かない質《たち》だと自覚しているほどだ。だから、将軍家定が亡くなったときはほっとして、この一年間、せいせいと行楽や読書や俳諧や芝居を楽しんでいたのである。

正團は智一郎と重太郎が、無理に平然としているのを面白そうに見て、

「だが、これからは大丈夫です。雲見番は引き続き、今度のお上の御用を承るように決定した」

それを聞いて智一郎は、はっと平伏したが、すぐ不審顔になって、

「雲見番のことは、阿波様が上様におっしゃったのですか」

と、訊《き》いた。正團は少し首を横に振って、

「いや、私じゃあない。私は五十半ばを越しているから、ここだけの話だが、なるべく閑《ひま》な方がいい。それで、雲見番のことは口をつぐんで知らん顔をしていたんだがね」

「……とすると、変ですね。上様は誰から聞いたのでしょう」

雲見番は将軍直属の機密機関で、直接、将軍の口から命令があれば、どんな死地にでも赴いて行き、目的を遂行しなければならない。だが、このことを知っているのは、江戸城広しといえ、将軍本人と将軍の側衆《そばしゅう》である正團、それと雲見番ほか一握りの人物しかいないはずである。

正團が言った。

「お上はどうやら、温恭院様から雲見番のことをいろいろ聞いたらしい。生前の温恭院様は

雲見番の活躍を頼もしく思っていたのですが、誰に自慢することもできない。今のお上は温恭院様と従兄弟《いとこ》同士で、小さいときから可愛がっていらっしゃったから、なにかのとき、つい話してしまったのでしょう」

昨年亡くなった将軍家定は十一代将軍家斉《いえなり》の孫で、現将軍家茂《いえもち》も家斉の実の孫。子に恵まれなかった家定は、二十二歳下の家茂を、我が子のように愛していたという。その家定がまだ子供の家茂に気を宥《ゆる》して雲見番の手柄話を聞かせたとしてもおかしくはない。

家定が亡くなったとき、家茂は慶福《よしとみ》といって紀伊藩の藩主で、将軍の継承者の一人だった。継承候補者のもう一人は水戸藩の藩主徳川斉昭《なりあき》の七男で、一橋《ひとつばし》家へ養子に行った一橋慶《よし》喜《のぶ》である。

この二人の継承をめぐって城内が二分し、かなりごたついたのだが、結局、強引ともいえる老中井伊《いい》直弼《なおすけ》の推挙で慶福の継承が決まった。

正團は続けて、

「お上は今年十四歳におなりである。将軍を継承して以来、いろいろな服務で忙しかったが、このごろやっと慣れたとみえて、一度、雲見櫓に登ってみたいとおっしゃる」

「それは……光栄なことでございます」

と、智一郎は言ったが、重太郎は胃が痛くなりそうだった。将軍が櫓に登って来るときは、必ず厄介な命令と一緒だからだ。

重太郎が八丁堀玉子屋新道の役宅に戻ると、妻の美也《みや》が、

「今朝と違い、お顔の色が冴えませぬが、お城でなにかございましたか」

と、言った。美也も重太郎の本当の職務を知っていない。当番の日に雲見櫓に登って、一日中雲を見ているのだと思っている。

「うん……ちと、御用が繁多になって、疲れたのだろう」

「そうでございましょう。メリケンとの日米修好通商条約に反対した人たち、それと、上様の将軍継承に反対だった人たち、大老様は昨年より、そうした人たちを片端から逮捕、処罪されているそうでございますね」

「うん……まあ」

「わたくしは長い間、大奥に奉公させていただきましたから、徳川様のご恩は寝た間も忘れることがございませぬ。お前様ももちろん、開国佐幕の考えでございましょう」

重太郎は開国佐幕だ、尊王攘夷《そんのうじょうい》だと口から泡を飛ばすより、来月の芝居町のことが気掛かりだったが、美也の前でそんなことも言えない。重太郎はえへんえんと咳払いしてから、なるべく重重しく、

「そういうご政道のことを、女が軽軽しく口にするものではない」

と言うと、美也はきっとした顔になって、

「いえ、お言葉ではございますが、それは泰平の世でのこと。黒船が現れて以来というもの、いつお国がどうなってしまうかも判らない非常時ではございませぬか。女だからといって、ぼんやりとただ見守っているわけにはいきませぬ」

「……まあ、いい。家へ帰っても佐幕だ攘夷だなどと言われては頭が痛くなる。今日は疲れたから、飯を食って早く寝る」

「お休みになるのは結構ですが、今夜はお近付きにはなれませぬ」

「……また、どなたかの忌日《いみび》か」

「いいえ。もし、一旦緩急《いったんかんきゅう》あればと思い、今日一日、薙刀《なぎなた》の稽古をしましたところ、久しく持たなかったので身体が鈍っていたのでしょう。身体中が痛んで、お前様の前ですが、腰が立たなくなりました」


それから、何日かして、将軍家茂がお忍びで雲見櫓に登って来た。

家茂は十四歳、色白なふっくらした顔で、初初しい唇の赤さが優しい印象を与える。透綾《すきや》の白無垢《しろむく》に、金襴《きんらん》の袴《はかま》。帯には五段重ねの印籠《いんろう》が下げられている。

家茂は鈴木正團に案内されて櫓の上に登ると、すぐ若者らしい好奇心を現して、外の景色を眺めたり、遠眼鏡《とおめがね》をいじったり、書棚の雲見帳を開いたりしていた。

「上様はここがお気に入りのようですね」

と、正團が言うと、家茂はにこっとして、

「ここへは、いつ来てもいいのじゃな」

「はい、ご自由でございます。また、ここの雲見衆は先代様よりお仕え申して、天晴《あっぱれ》な剛の者たちでございますから、何事もお命じになれば、ご満足のいく結果が得られましょう」

「うん、それは温恭院様がよく余に聞かせてくれていた」

「では、改めてお目通りをさせましょう」

家茂は上段に着座する。正團は言葉の調子を変え、

「はじめに、雲見番番頭、亜智一郎でございます。亜は亜流の亜の字を当てます」

「なるほど、覚え易い名じゃな。〈地震時計〉のからくりを見抜いたのが、そちであったな」

「さようでございます。智一郎は名のごとく英知にして……その上、驚くべき駿足にございます」

聞いていた重太郎は正團が苦労しているなと思った。いくら鷹揚な正團でも、智一郎のことを逃げ足が早いとは言えなくなったのだ。といって面白がってはいられない。正團が重太郎の方を向いた。

「次は、緋熊重太郎。この者の名のごとく、大熊のごとき豪傑」

家茂はうなずいて、

「かの大地震のとき、建物に挟まれた左腕を、ためらいもなく自ら断ち斬《き》って一命を全うした勇者は、そちであったか」

重太郎ははっと平伏する。

「次の者は古山奈津之助。この者も天下無双の大力。かの、土牛志賀守《どうししがのかみ》の陰謀を発見し、誅伐した雲見番の一人でございます」

「おお、さようか。そちは大丸太を棒切れのごとく振り廻すそうじゃの」

奈津之助は、

「お耳に達しましたか。いや、恐れ入ります」

と、頭を下げる。正團は続けて、

「最後は藻湖猛蔵。元、大手御門甲賀百人組累代の者にして、遠祖、甲賀流忍術の第一の継承者にございます。また、先代様拝領の短筒を持ちまして、今ではその技術は名人の域に入っております」

「む。頼もしいの。忍術の奥義を極めた上、短筒の名人なら、鬼に鉄棒《かなぼう》じゃ」

猛蔵は一礼して、

「へえ、鬼に鉄棒、妾《てかけ》に鍾馗《しょうき》でございます」

「……なんじゃ、それは」

「たとえ妾であっても世継ぎの男の子を生めば、恐《こえ》えものはねえのたとえで」

「面白いたとえを知っておるのう」

「へえ、私は下賤の出でございますから、下下のことはよく存じております」

「うむ。よい者どもと識《し》り合いになれた。世上のことは余の耳に届かんが、将軍だからといって安閑としてはいられぬ。これからもいろいろなことを教えてもらいたいものじゃ」

正團はにこやかな顔に戻り、

「この四人で、雲見番全《すべ》てでございます。上様にはなにか雲見番に申し付けたいことがおありでしたな」

「そうじゃ、前前から気にかかっていたことがある。それを、この者たちに頼みたいと思う」

「では、私は中座をいたします」

正團が腰を浮かせようとするのを、家茂は止どめ、

「いや、阿波も聞いていなさい。そう、秘密な命令ではないのじゃ」

正團が坐り直すと、それでも家茂は声を落とした。

「先ごろ、オランダから写真というものが入って来たそうじゃ」

「は。彼《か》の国ではいろいろ珍しいものを作り出します」

「大奥では写真に写されると、魂も吸い取られるなどと噂しておったが、写真はそのような妖術ではなかろう」

「さよう。異人は好んで写真を撮っておりますから、理にかなった技術を使っているものと思います」

「そうか。それならば、その写真で余の姿を撮ってみたいのじゃ」

これまで、雲見番は何度も将軍の命を受けてきたが、どれも一歩誤まれば命にかかわるような危険極まりないことばかりだった。そういう命令とは違い、一度、自分の写真を撮って

みたいというのは、いかにも好奇心旺盛な若者らしい。

これが、一昔も前なら、将軍の一声があれば写真だろうが蒸気船だろうが、たちまち取り寄せることができたのだが、繰り返すように幕府の土台がゆるぎはじめているとき、そんな呑気なことは言っていられない。

年が若くとも、そうした弁別ができ、あえて雲見番に話をしたのだから、家茂はただの凡人でないことは確かだ。

といって、危険こそ考えられないが、これはどうしてなかなかの難題であることには間違いない。雲見番の誰も、写真という機械を見たこともないし、実景がどういう理由で絵になる仕組かとなると、まるで雲でもつかむようだ。

家茂と正團とが櫓を降りて行ったあと、四人はしばらく思案投首といった体《てい》だったが、はじめに智一郎が口を開いた。

「天保の末、長崎のなんとかいう御用商人がオランダ人から写真を買い取って、薩摩の島津斉彬《なりあきら》様に献上した、という話を聞いたことがあります」

「それで、実際に写したんですか」

と、猛蔵が訊いた。

「うん。写真は成功したというな」

「じゃあ、それを借りて来たらどうでしょう」

「……以前だったら二つ返事だろう。薩摩でお由良《ゆら》騒動が起こったとき、先の老中阿部《あべ》正弘《まさひろ》様は島津斉彬様の助力をしたほどだからお二人は仲がいい。だが、その島津様も昨年お亡くなりになり、今、薩摩は攘夷の急先鋒だ」

「ですから、もの好きな金持ちになって、お屋敷に近付いちゃあどうでしょう」

「さあ、どうかな。島津家でもそういう珍しいものは先代様の遺品として大切にしているだろうから、ちょっとやそっとじゃ見せてもくれまい。それに、万一我我が幕府の者だと知れると厄介なことになる」

「写真にまで尊王攘夷がこじれついちゃあかないませんね」

と、重太郎が言った。

「薩摩に頼らずとも、この広い江戸ですから、一人や二人、写真術を心得ている者がいないはずはありません」

智一郎は重太郎の方を見て、

「じゃ、緋熊さんはなにか心当たりでもありますか」

「いや、心当たりというのではないんですが、神田お玉ヶ池に田岡岩成《たおかがんせい》という、窮理学《きゆうり》の先生がいます。そこへ行けば、写真がどんなものか説明してくれるでしょう。また、目の寄るところへ玉といいますから、写真術を身に付けている者を知っているかもしれません」

智一郎はぽんと膝を叩き、

「なるほど、緋熊さんはいいところに気付いた。じゃ、早速、お玉ヶ池へ行ってもらいましょうか」

重太郎はそのまま城を出て、弓町の裏通り、俗に蛙小路《かわずこうじ》に急いだ。ひっそりした仕舞屋《しもたや》の前、あたりに人気《ひとけ》がないのを見届けて、重太郎がそっと合図の戸を叩くと、すぐ格子戸が開いた。

「重太郎様、お一人ですか」

「うん、今日は物好きの金持ちという趣向だ」

白粉《おしろい》っ気のない、三十前後の櫛巻《くし》。富本廊おきぬがすぐ二階に案内して、簞笥の中から唐《とう》桟《ざん》の対《つい》に博多の帯、宗匠頭巾《そうしょうずきん》などを揃えてくれた。

重太郎は雲見番の隠れ家で着替えを済ませて、まっすぐお玉ヶ池へ。

近くの酒屋に寄って酒を買い、岩成の家の前に行くと、口をへの字に曲げた若侍が門から出て来るところだった。後から出て来た女中が塩を撒《ま》きはじめた。

「岩成先生はご在宅ですか」

と、重太郎が女中に声を掛けると、

「先生はおいでですが、変な問答を仕掛けに来たんじゃないでしょうね」

「いや、問答ではありません。先生のご雷名をかねてより伺い、ご教授あずかりたいことがあってやって来ました」

女中は重太郎の身形《みな》りを見て、

「それならよろしいんですけど、今日、先生は少しお冠りですから、妙なことは言わないようにして下さい」

と、奥へ案内した。

岩成は八十余歳、よれよれの十徳《じっとく》を着て、不機嫌そうに書物や薬篭笥の間に坐っていたが、重太郎が土産に持って来た酒瓶を見るとたちまち恵比須顔《えびすがお》になった。

「いや、どうも今の若い者は何を考えているか判らない」

「その若侍でしたら、門口で会いました。理屈っぽそうな顔をしていましたね」

「うん。あの若侍、光の正体は波だなどと抜かしおってな」

「光の正体……そんなものがありますか」

「うん。それを突き詰めるのが窮理の学問である」

「……光が波だとすると、風が吹けば大荒れになりそうじゃありませんか」

「光の波は風ぐらいでは影響しないのだ、という」

「すると、どこか遠くにいる者が、何かで掻き回して波を作っているんですか」

「光の根源は日輪であるから、波を起こしているのは日輪だということになる」

「蠟燭《ろうそく》なんかはお日様の光に較べると、ずいぶん暗いから、小波《さざなみ》ぐらいなものでしょうね」

「まあ、そういうことになる」

「先生、蛍なんかはお尻で掻き回して光を出しているわけですか」

「尻で掻き回す……釘を耳掻きにするようだな」

「矢張り光が波だなんてのは、寝言みたいなもんでしょう」

「いや……落ち着いて考えると、彼の言うのも、もっともなところもある」

「先生、あの若造に言いくるめられてしまったんですか」

「別にそういうことでもないが、たとえば波は入江の奥に入って来ると高くなる。つまり、波は集まると高くなる性質があるのだが、光も同じで集まるほど強くなるもので、その点は似ておるのである」

「……光はどういう工合にして集めるんですか」

「それにはレンズを使う。占者の使う天眼鏡、虫眼鏡だ」

重太郎はレンズと聞いて坐りなおした。

「先生、オランダ人は光を集めて、絵に定着する術を知っているそうですね」

「……写真のことを言っているのか」

「はい。実はその写真のことで伺ったわけです。手前には年を取った母親がございまして、余命いくばくもございません。その母親の姿を写真にして、長く手元に置いておきたいのでございます」

「なるほど……その気持はよく判るな」

「いかがでございましょう。私の孝行心に免じて、写真術を教えてもらえないものでしょうか。決して女性の裸など写すのではありません」

「……自分から孝行というのはちと眉唾だが、写真術と一口に言うが、これがなかなか難しいものである」

「はあ」

「まず、光を集める暗箱《あんばこ》というものを作る。この箱には一筋の光も入ってはいけない。その箱にレンズを取り付けるのである」

「なるほど、光を集めるわけですね」

「一方、絵を定着させるのは種板《たねいた》といい、いろいろな薬品を塗布してから暗箱に入れて光を当て、それから取り出して、いろいろな薬品で処理すると、種板の上に絵が現れるのである」

「先生、いろいろな薬品だけじゃ、さっぱり判りません」

「まてまて、今、本を見る」

岩成は後ろ向きになって、山積みになっている下の方から一冊の洋書を引き摺《ず》り出した。

「先生、オランダの書物ですね」

「そうだ。我が国ではまだこのような本はないから若者にばかにされるのである」

本には暗箱の図もきちんと描かれているが、重太郎には字が全く読めない。岩成はしきりに本を繰っていたが、

「ふむ、ふむ。西洋では暗箱はずいぶん昔から使われていたらしいの。暗箱に外の景色を写し、それを基にして画家が絵を描いていたのである」

「なるほど、それなら目で見た通りの絵が描けます」

「これを画家の手によらず、そのまま絵になるように研究し、完成させたのがフランス人のダゲレオという画家である」

「……きっとその絵描きは、あまり絵が上手じゃなかったんでしょう」

「多分、そうだろうな。絵が上手ならそうした面倒な機械は作るまい。この写真は天保十年に完成されて、翌年にはオランダ船で長崎に渡って来た」

「はあ」

「ダゲレオの方法だと、種板は銀板か、銅板に銀鍍金《ぎんめっき》したものを使う。これに沃度《ようど》の蒸気をかけると沃化銀というものになる。この沃化銀というものは、光に当たると黒く変色するから、この性質を写真に応用したのである」

「その、沃度って、何です」

「……ハロジェンの一種である」

「その、ハロジェンというのは？」

「しつっこいな、お前は」

「しかし、親孝行のためですから、きちんと写真ができないと困ります」

「つまり……沃度というのは海藻類に含まれている、そう書いてある」

「……その種板を暗箱の中に入れるわけですね」

「うん。その場合、光を当てる時間の長さが難しい。明るい風景では二十ミニッツから三十ミニッツ。暗いところではその倍の時間が必要である。しかる後、この種板を水銀蒸気箱に入れ二十ミニッツ。最後は種板を箱から取り出して水洗いすると、絵が生じるのである」

何やら聞けば聞くほど複雑だった。亜智一郎が袂《たもと》時計を持っているが、外の明るさで光を当てる時間が変わるという。重太郎は岩成に訊いた。

「先生は写真を実際に試されたことがありますか」

「いや、こういうものはとかく金が掛かる。残念ながら、わしには写真を作る資金がないのである」

「じゃあ、先生のお識り合いに、写真術を知っている者はいませんか」

「うん、一人だけいる」

重太郎は身体を乗り出した。

「それは、どういう人ですか」

「眼鏡師の連次《れんじ》という男だ。この連次は蘭学熱に浮かされて、長崎にまで行って写真術を習得して来たほどだ。将来、江戸に写真館を建設するのが夢で、わたしのところに相談に来たことがあった。ただし、独力で長崎にまで行ったほどの男だから、理念が高い。ちょっとやそっとのことで、連次が他人に写真術を教えるとは思えないのだ」

連次は小舟町《こぶなちょう》の眼鏡師、虎戸《とらど》工造《くぞう》の家に住み込んでいる職人だと聞いて、重太郎が工造の店に行ってみると連次は留守。女中がもしかすると同じ町内の居酒屋にいるかもしれない、と工造に聞こえぬように耳打ちをしてくれた。

重太郎が桝金《ますきん》という居酒屋に行くと、連次は酒に酔って、侍を相手に口喧嘩をしているところだった。

聞いてみると、店の出格子の前に石竹を生けた一輪挿しが置いてある。それはいいのだが侍はその花瓶が気に入らない。瓶はなにやら西洋の文字が書いてあるびいどろ製だった。

「この神国日本に穢らわしき夷狄《いてき》の器物を飾るとはなにごとであるか」

と、若い侍はこめかみに青筋を立てている。今にも瓶を土間に叩き付けて粉粉にしそうな勢いだ。

それを受けて立っているのが連次だった。

「なにを？　神国だ。べら棒め、日本の八《や》百万《およろず》の神神はそんなけちなんじゃねえや。西洋人が嫌いだとか怪しからんというような尻《けつ》の穴が狭かあねえんだ。西洋の神様が来りゃ、おい、よく来たな、てなもんだ。一緒んなってお神酒《みき》を酌み交わすのが俺たちの神様なんだ」

「貴様……貴様のごとき無学な者がおるけん、国が危うくなるんじゃ。今、この国を救えるのは天子様しかおらん」

「やい、お前はどこかの山奥から這い出して来たんだろうが、俺たちは水道の水を産湯に使って育ったんだ。今、こうして酒を飲んでいられるのも、お城の親玉のお蔭《かげ》だ。判ったか、浅葱裏《あさぎうら》」

「貴様、おいどんを愚弄いたしたな」

「おいどんだって言やがら。ちげえねえ、水団《すいとん》みてえなふやけた面《つら》だ」

「うぬ。おいどんの顔まで揶揄《やゆ》されては、もう、これまで――」

侍は刀の柄に手を掛ける。店にいる客は皆浮き腰になった。中には銭も置かず外に飛び出した者もいる。

「なんだ、おはんは。重太郎は侍の前に立ちはだかった。

「なんだ、おはんは。この町人に代わって、おはんがおいどんの相手になる、と言うのか」

「いや、そうではありません」

重太郎は侍の前に腰を下ろし、

「見れば前途あるお方。日本の前途を憂えておいでのようだが、そういう方がこんなところで下郎にかまっちゃあいけませんねえ」

「……そう言わっしゃるが、重ね重ねの無礼な言葉」

「まあ、それは私の片腕に免じて、堪忍してください」

侍は言われて重太郎の片腕のないのに気付いて、出鼻をくじかれたような顔をした。

「それなれば……有し難き奴なれど、おはんの顔を立てて、これで虫を押さえることにいたす」

侍はそう言うと、勘定を払って外へ出て行った。

桝金の主人は重太郎に礼を言ってから、連次に向かい、

「久し振りに胸のすく啖呵《たんか》を聞いた、と言いてえが、そういうことは外でやってもらいてえもんだ。それでなくとも、この節は何かと物騒だ。あの侍がここで長彦《ながひこ》を振り廻したらどうするんだ」

連次は頭を掻いて、

「親父、どうも済まねえ。つい虫の居所がよくなかったんだ」

「そりゃ、お前の気持は判らねえでもねえ。だが、世の中、そう思うようにゃいかねえもんだ。第一、お前の望みが高すぎる。江戸の真ん中に写真館を建てるなどというのは、豚が木へ登ろうとするようなものだ」

「俺が……豚か」

「また、そう口をとんがらせる。お前がそんな顔をすると――」

「まあ、まあ」

重太郎は二人の間に割って入った。

「親父、顔の悪口は止せ。今の侍も、顔のことを言われて刀を抜こうとしたではないか」

「……そうでした。男は自分の顔が一番だ、と思っていなくとも、本当のことを言われるとむきになるもんですねえ」

重太郎は連次の方を向いた。

「眼鏡師の連次だな。私はお玉ヶ池の岩成先生に聞いて訪ねて来たのだ」

「……そうでしたか。岩成先生はときどき変な欲を出すことがあるが、とてもいい人です」

「私は蘭学を研究しておる緋……日暮《ひぐらし》軽太郎《かるたろう》という者だが、折入ってお前に頼みたいことがあって来た」

「これはご丁寧なご挨拶《あいさつ》で痛み入ります」

連次は女に言って熱いのを一本持って来させ、お近付きの印にと言いながら重太郎に酌をした。

「あたしゃ、普段は無口な方なんですが、少し酒が入るといらねえことを喋るようになり、向こう見ずになりやす」

「まあ、大体、人というのはそういうものだな」

「さっき、かるた先生がいらっしゃらなかったら、どんなことになっていたか判らねえ。ようございます。なんでもお頼みになって下さい。お望みならこの命、差し上げましょう」

「いや、私は人の命など欲しくはない。岩成先生から聞いたのだが、お前は写真術を心得ているのだな」

「へえ、こんなあたしですが、それだけが自慢で」

「折入っての頼みというのは、その写真術を私に伝授願いたいのだ」

それを聞くと、連次は持っていた杯を前に置いた。

「何だと思ったら、そんなことですかい。はい、承知しましたと言いてえところだが、かるた先生、これだけは駄目だ」

「今、命でも差し上げる、と言ったばかりではないか」

「いえ、こと写真に関しては、命より大事でやす」

「それは判る。お前が長崎に行って、苦心惨憺して覚えて来た術だ。それを、横合いから軽軽しく手を出して、取ろうとする私がよくない」

「判っているんじゃねえですか。それなら、早くお帰んなさい」

「だがな、連次。お前はこのままでいいのか」

「……いい、とは？」

「思うように写真館が建たないからといって、毎日酒ばかり飲んで、くだを巻いていていいのか。せっかくの写真術が勿体ねえじゃねえか」

「だって……何から何まで金尽《かねずく》の世の中だ。その金がねえんだから、仕方がねえじゃありませんか」

「私は今、ここに小判で十両の金を持っている」

「………」

「もし、写真術を教えると言うのなら、この十両は耳を揃えてお前に渡してやる」

「………」

「写真の伝授代、百両ならどうだ。残りの九十両は、私が全てを覚えたとき、必ず持って来る」

「……百両」

連次はそう言うと、目を廻して腰掛けから転げ落ちてしまった。

写真用の腰掛けの背には、丈夫な柱が立てられ、その先は三日月型の支えが取り付けられている。写真を撮られる人がこの腰掛けに坐り、この支えで頭をしっかりと固定させるのである。暗箱のレンズの前で二十ミニッツ、ときには四十ミニッツもじっとしていなければならないから、こうした支えが必要なのだ。

写真撮影のため、家茂が雲見櫓へ登って来たときは、幸いにして快晴無風。秋の日は明るかったが、それでも二十ミニッツの間、支えがなかったらとてもじっとしてはいられない。

重太郎は家茂を腰掛けに坐らせて、頭を支えに固定し、衣服の乱れを正してから、いよいよ撮影開始。

連次から写真術を教わり、これまで何度も稽古を重ねているので、手順を誤るようなことはない。

まず、銀鍍金した銅板に沃度の蒸気をかけた種板を暗箱に収める。この作業は、黒幕を張り巡らした暗い幕の中で行なわれた。外に持ち出された暗箱は、家茂が腰を掛けている前に据えられた三脚の上に置かれる。亜智一郎が暗箱のそばで印籠時計を片手にして、

「では、はじめます」

重太郎はレンズの蓋を取った。

時計の針は遅遅として進まない。談笑していれば二十ミニッツなどわずかな間だが、息を殺して身動きもならないと、一ミニッツでさえかなり長く感じるものだ。その間、猛蔵と奈津之助は別の水銀箱に火を当てながら、温度計を見て中の蒸気の温度を調整している。

「はい、それまで。終りでございます」

と、智一郎が言った。

重太郎はレンズに蓋をして、家茂の支えを取り除いた。

「これから画像を現します。ご覧になりますか」

「うん、見たいな」

家茂も幕の中へ。

暗箱から取り出した種板は、水銀箱に移してここでまた二十ミニッツ待たなければならない。

そのうち、暗さに目が馴れ、いろいろな道具が見えて来る。

智一郎の合図で、種板が取り出されたが、まだ表面は真黒だ。これを、鹹水《かんすい》を入れた桶にひたし、更に水の入った桶に移す。重太郎が注意深く種板を動かしながら水洗いしていくうち、表面にぼんやりした人の形が現れはじめた。

「おお……」

家茂が嘆声をあげるうち、画像は少しずつ鮮明になっていく。

「見事じゃのう」

幕の外に出ると、誰の顔も汗が流れている。だが、重太郎は幕の中にいる間、少しも暑さを感じなかった。

「おや……」

重太郎が額に仕立てた家茂の写真を見て、智一郎が首を捻《ひね》った。

「なにか、いけないところがありますか」

と、重太郎が訊いた。

「いや、写真はとてもいい仕上がりだ。文句の付けようがない。ただ、この印籠が気になるのです」

正面を向いて腰を下ろしている家茂の腰には、印籠が下げられている。その印籠は蒔絵《まきえ》の図柄まで見えそうなほど、はっきりと写っていた。

「印籠は何段の作りでしょう」

「……四段に見えます」

「うん。私にも四段に見える。だが、私の記憶では、上様の印籠は五段あったと思うんだが」

「そういえば……確かに五段でした」

重太郎は初目見得《めみえ》のときの印象が強烈だったから、家茂の姿は写真のようによく覚えていた。

「緋熊さんも五段と覚えていますか。そのときの印籠の図柄は、虫尽《むしづく》しの蒔絵だったでしょう」

「……図柄までは覚えていません」

「そうですか。この写真の印籠と、お目見得のときの印籠とは、別のものかと思いましたが、どうやら同じ柄なのです」

智一郎は文机の上にあった天眼鏡を手にして写真を見ていたが、重太郎にも眼鏡を渡した。

印籠には精緻な蒔絵で、蝶や蟬、甲虫《かぶとむし》や蜘蛛《くも》が描かれている。重太郎は言った。

「頭の言う通り、これは虫尽しですね」

「とすると、あのとき五段だった印籠が、今日は一段なくなって四段になっている。上様が一段だけ外したとしか考えられない。妙だと思いませんか」

「……一段外れていれば、当然、柄が食い違うはずです」

「それも、不思議でしてね。緋熊さんの言う通り、一段なくなれば、当然、半分の蝶とか甲虫があってもいいはずなのに、それがないのですよ」

重太郎は改めて天眼鏡で写真を見た。いくら鮮明だといっても、印籠の柄まではっきり写ってはいない。それにしても、図の大まかなずれは見当たらなかった。とすると、家茂は五段の虫尽しと、四段の虫尽しの、二つの印籠を持っているのだろうか。

その翌朝。

家茂は鈴木正團と雲見櫓に登って来た。智一郎が写真の額を見せると、家茂は至極満足な様子で、正團にも写真を見せて、褒美を渡すように命じた。

正團は雲見番の全員に金一封を渡すと、家茂はそれでは不足のようで、腰に下げていた印籠を渡して、頭の智一郎に授与したのである。

その印籠は虫尽しの蒔絵の、五段重ねだった。

「普通の印籠なら、重ねられた一段が抜き取られれば、一目瞭然、足らないことが判ってしまう。ところが、この印籠ですと、一段なくなったとしても、図柄がぴったりしていますから、ちょっと見ただけではそれが判りません」

正團はうなずいて、

「それは頭の言う通りだ。それで、昨日、一段取り去って四段にしたのは、お上だと思うか」

「いや、上様がそんなことをする理由が判りません」

「すると？」

「何者かが上様の印籠に手を付けて一段抜き取り、何やら細工をして元に戻した、というのなら筋が通ります」

「……うむ。お上の印籠は、印籠簞笥に収められている。お上に近付いて印籠を手に触れることができる者は、限られているから、調べればすぐに判る」

「阿波様、早急なお取り調べを」

「うん。だが、頭。この印籠はそのため特別に誂《あつら》えたものと思うか」

「いえ、それを思い立ったところで、印籠師がおいそれと出来るものではありません」

「それは、そうだろうな」

「たまたま、この印籠を見て、利用したものと思います」

「これほどの印籠を作る者は、名人であろう」

「はい、印籠には〈蘭女《らんじょ》〉という銘が彫られています」

智一郎は印籠の底を正團に示した。

「蘭女……女性かな」

「はい。女性の印籠師は極めて少ないでしょう。印籠師の間では有名なはずですから、すぐに居所が判るでしょう」


「はい、この虫尽しの印籠は、確かにわたしの作でございます」

向柳原《むこうやなぎはら》にある藤巻蘭女の家。蘭女は三十五、六に見えるが職人らしい飾らない身形りだから、化粧をすれば五つは若くなるに違いない。

智一郎と重太郎は、ともに物好きの金持ちという姿で向柳原の家を訪ね、薄紙に写し取った虫尽しの図を見せると、蘭女は一目見て自分の作だと言った。それを聞いた智一郎は、感に堪えないといった顔で、

「聞きましたか、軽太郎さん。この白魚のようなお指からあの美しい印籠が作り出されたのだそうです」

「いや、市助さん。私も一目見たときから心を奪われてしまいました。この図は蘭女さんのご考案ですか」

と、重太郎が訊くと、蘭女は少し首を傾げて、

「いえ、わたしなどには生涯かかっても、このような作図はできません。これは、父の下絵によったものでございます」

「ほう……お父上の？」

「はい、父は藤巻吉太郎と申しまして、彦根藩の印籠師でございました」

蘭女はそう言って、仕事場の棚から一冊の書物を取り、大切そうに開いた。

吉太郎が書き残した画帖だという。そこには無数の印籠の下絵が丁寧な筆で描かれていた。

「これが虫尽しでございます」

蘭女が開いた丁には、智一郎が書き写したのと寸分違わぬ下絵があった。智一郎はぽんと膝を叩き、

「これこれ。お父上は絵の名人でもいらっしゃる。また、この下絵を元に作ったあなたも名人です」

と、智一郎が言うと、蘭女は恥かしそうな調子で、

「いや、まだわたしなどは父の足元にも及びません」

「お父様があなたに仕事を仕込んだのですね」

「いいえ。わたしは小さいころから父の仕事を見て育ったので、特別、教えられたことはございませんでした。見様見真似でどうにかお茶を濁しております」

「いや、それはご謙遜がすぎます。いかがでしょう。私にも虫尽しを作っていただけないものでしょうか」

「わたしの仕事を気に入ってもらい、大変嬉しいのですが、なにぶん、注文が多うございまして——」

「そりゃ、そうでしょう。あなたの仕事を見れば、誰でも惚れ込んでしまいます。いや、すぐにとは言いません。五年、いや、十年が先でもじっと待っております」

「……それほどまで言ってくださいますのなら、お引き受けいたしましょう」

「それは、かたじけない。なんだか正月にでもなったような気持です」

智一郎は口調を改めて、

「立ち入ったことを伺うようですが、お父様はいつお亡くなりになったのですか」

「はい、十年前。四十二の厄年でございました」

「……それは、惜しいことをしました。それで、跡継ぎの方は？」

「はい、父が病気になりまして、子といえば女のわたしだけ。まさかのときを考えて、養子をもらうことにしたのですが、急な場合で、仕事ができて養子に行こうという人はなかなか見つかりませんでした」

「それは、そうでしょう」

「結局、世話をしてくださる方があって、お国表でお広敷《ひろしき》用人の三男が養子に来ることになり、わたしの夫となったのでございます」

「すると……ご主人は仕事もお継ぎになったのですか」

「いえ、こういう細かな仕事ですから、小さいときから修業をしないことには、とても一人前にはなれません。夫はお役替えを願いまして、お屋敷の鉄砲方になりました」

「それで、今でも？」

「いいえ。夫の三右衛門がお屋敷にお勤めしていたのははじめの二、三年で、なにやらよくない人たちと付き合いだしたと思うと、お勤めが疎かになり、縮尻《しくじり》もあったようで、扶持を離れてしまいました」

「……それでは苦労なさったのですね」

「はい。脱藩してからはお長屋にいることもならず、幸いにわたしは父の仕事を覚えていましたから、江戸に上りここに落ち着いてなんとか糊口をしのいでいるのです」

「風の頼りで知ったのですが、ここ半年ほど三右衛門は京都にいて、尊攘の志士になっているそうですが、志士とは名ばかり、商家を脅しては金を奪っている、強盗のごときものだと思います」

「三右衛門さんは？」

「それは、ご心配ですね」

「はい。でも、家に寄り付かない方がほっとしています。この家に来るときは、お金がなくなったときばかりですから」

それから、二、三日して、智一郎のところに蘭女から使いの者が来て、注文の印籠、材料や根付のことを相談したい、昼間は仕事に追われているので夜分にでもご足労願いたい、と口上を述べた。

その夜、智一郎と重太郎が連れ立って蘭女の家に行く途中、人気のない向柳原の土手で、二人の前に立ち塞がった浪人風の侍がいた。

「市助に軽太郎というのはその方たちか」

「……さようですが、なんのご用でしょう」

「市助に軽太郎というのは変名だな。幕府の者であろう」

「………」

「白を切ってもだめだ。お蘭から聞いたぞ。虫尽しの印籠を知っているからは、幕府の者に違いねえな」

「もし、そうだと言ったら」

「あの秘密を知られては、生かしておけねえのだ」

「すると、お前が藤巻三右衛門か」

「そうだ。覚悟っ――」

三右衛門は矢庭に太刀を抜き放つと、智一郎に突き付けた。

智一郎は懐手のままだ。三右衛門は一瞬、おや、という顔をしたが、そのまま電光石火、智一郎に斬り掛かった。

だが、先に丸太のようにぶっ倒れたのは三右衛門の方だった。

智一郎はと見ると、すでに刀を下げている。月の光で智一郎の上体が裸になっているのが重太郎に判った。特別誂えの着物なのである。智一郎は懐手のまま太刀の柄を握っていて、そのまま抜刀すると着物は宙に飛んで、相手の目眩《めくら》ましにはなるが、抜刀の邪魔にはならない、という亜智一郎流の居合術が、一瞬にして相手を倒したのである。

重太郎は三右衛門のそばにかがんだ。

「峰打ち、お見事。すでに気絶しております」

「ほい、しまった」

智一郎はぼんやりと刀を眺めながら、

「わたしは活を入れるのが下手でね。重太郎さん、できますか」

と、言った。

一方、鈴木正團は蘭女が作ったばら印籠は、藤巻三右衛門の手を経て、児小姓《こごしょう》、志水満之《しみずみつの》助《すけ》の手に渡ったことを突き止めた。満之助は彦根藩の国家老の四男で、小さいころ三右衛門を兄とも慕うような仲だったという。三右衛門が狂信的な尊王攘夷の志士になったのを知っていたが、その頼みを断わることができなかった。

満之助は先代将軍、家定の形見の中にばら印籠を紛れ込ませ、そのいわれを説明すると家茂は大変に気に入ったという。写真撮影の前日、満之助はばら印籠の一段を抜き取って三右衛門に渡した。三右衛門はその一段に仕掛けを加えて満之助に返した。満之助は素知らぬ顔でその一段を元の印籠に戻しておいた。

その仕掛けというのは、三右衛門が鉄砲方にいたとき覚えた火薬を使うもので、印籠の一段を引くと、歯車が廻転して火打石を発火させ、火薬に引火するという物騒な代物《しろもの》であった。

その年の十月、京都で捕縛され江戸に送られた尊攘志士の多くが処刑された。安政《あんせい》の大獄である。

薩摩の尼僧

「おのおの方、この雲見番《くもみばん》を拝命してから今年で六年目。かえりみると実に早い。光陰《こういん》屁《へ》の如し――いや、矢の如しですな」

と言って、鈴木阿波守正團《すずきあわのかみまさあつ》は、前にいる四人の雲見番を見渡した。

「そもそもは、ここにいる雲見番番頭《ばんがしら》、亜智一郎《あともいちろう》さんが天文を占い、安政《あんせい》の大地震を予知して、温恭院《おんきょういん》様(十三代将軍、徳川家定《いえさだ》)を地震の間へご避難させ、ことなきを得たのが発端。そのとき、それぞれに功あった者によって結成された四人組である。以来、雲見櫓《やぐら》の上で雲を眺め、天変を感知、占うのを役としているのだが――」

　正團は智一郎に向かい、

「頭、安政の地震以来、天変を感知したことがありましたかな」

と、言った。智一郎は髷《まげ》の元結《もっとい》にちょっと手を置いて、

「あれは一昨年、安政五年のこと、未明と日暮れの空に、怪しの箒星《ほうきぼし》が出没したことがございました」

「それで、その年は?」

「温恭院様がご逝去、コロリが蔓延し、それから――」

「正月早早、大火が発生いたしました」

　と、緋熊重太郎《ひぐまじゅうたろう》が助け船を出した。

「浅草猿若町《さるわかちょう》の森田座より出火しまして、聖天、金龍山下瓦町《かわらまち》が焼けたと思うと、二月には日本橋安針町《あんじんちょう》よりまた火が出て、日本橋一帯、茅場町《かやばちょう》から八丁堀一円、火は佃島《つくだじま》へも飛

び、住吉社まで焼いてしまいました」

　この男、名だけを見るといかにも強そうだが、実際は反対で刀の抜き身を見ただけで震えだし、家に帰れば妻にも頭が上がらないという小心者だった。そのかわり、芝居が好きでその方面の知識は誰にも引けを取らない。その年の芝居町の火事は忘れることができないのだ。

　智一郎は重太郎の言葉にうなずいて、

「そういう大事もございました。つまり、箒星の現れた年は、いろいろ悪いことが重なった凶年で」

「しかし……それは、ちとおかしくはないか」

　と、正團は言った。

「は？」

「二度の大火はいずれも正月と二月。温恭院様のご逝去は七月。コロリがはじまったのは、その前後からだった」

「いかにも、おっしゃるとおりです」

「だが、箒星がはじめて現れたのは、八月の中頃だったと記憶している」

「はあ、ここにもその記録がございます」

「とすると、凶事が起きてから、妖星が現れたことになる」

「それは……かの妖星めがはなはだしく愚鈍だったかと思われます」

「なるほど。俗に言う、遅蒔《おそま》きの唐辛子《とうがらし》というのだな」

「はい。全く、役立たずの箒星で」

「そのほかに、この櫓で天変を感知したことがあったか」

「……そのほかは、これといって天変はありませんでした」

「このごろでは、どうかな」

「……今年に入ってからは例年よりも雲が多く、春といってもなかなか寒さが緩みません。暖かくなってからでも、時ならぬ雪が降ることもありましょう」

「怪しの星などは、どうだ」

「その方は、一向に現れません」

「ということは、雲見櫓にいるかぎり、まずは安穏だな」

といって、正圓は雲見番と無駄話をしに櫓へ登って来たのではない。智一郎と重太郎、それに非番の藻《も》湖《こ》猛蔵《もうぞう》と古山《ふるやま》奈《な》津《つ》之助《のすけ》までが呼び出されているのだ。

だが、正圓は相変わらず世間話のような口調で、

「皆も知ってのとおり、大老（井伊《いい》掃部頭《かもんのかみ》直弼《なおすけ》）は京の朝廷の許諾のないまま、メリケンとの通商条約に調印してしまった。更に、昨年は神奈川、長崎、箱館に港を開き、メリケン、フランス、エゲレス、オロシャ、オランダの五国に貿易を許可した。これに対して、朝廷をはじめ尊王攘夷《そんのうじょうい》の連中は黙ってはいられない」

「徳川ご三家《さんけ》のうち、尾州、水戸公。ご三卿《きょう》では一橋《ひとつばし》家が大老に反対でした」

と、智一郎が言った。正圓はうなずいて、

「大名では越前、土佐、長州、薩摩などが勤王攘夷。これに対して、大老はその一掃を計った」

直弼の断行は大人数にのぼり、朝廷の多くの公家に慎《つつしみ》、隠居、落飾《らくしょく》を命じ、水戸藩主の徳川斉昭《なりあき》は永久蟄居《ちっきょ》、尾張藩主の徳川慶恕《よしくみ》、一橋慶喜《よしのぶ》には隠居、慎。越前、土佐藩主も同罪が宣告された。

井伊大老は、とくに水戸藩に苛烈で、水戸の重臣五人それぞれに切腹、死罪、獄門、遠島の刑を言い渡した。そのほか越前藩士の橋本左内、長州藩士の吉田松陰をはじめ、百名に近い者を断罪した。安政の大獄である。まさに幕府史上、空前の恐怖政治が敢行されたのだ。

雲見櫓の上の安穏とは大違い。地上では血の嵐が吹き荒《すさ》んでいた。

正團は続けた。

「ところで、昨年から今年にかけて、水戸の尊攘急進派が次次と脱藩して江戸に上り、あちこちに潜んでいることが判った。勿論、その目的は大老の首を討ち取ることだ」

「それは、水戸藩の意志ではないのですね」

と、智一郎が訊《き》いた。

「うん、水戸の意志でも命令でもない。水戸はむしろ浪人たちの行動を恐れている。万一のことがあれば大老の更なる怒りを買い、藩のお家取潰しがないともいえない。それで、水戸の方から脱藩者全《すべ》ての名と人相書きを作成し、江戸で見つけ次第、召捕ってもらいたい、と言って来た」

「……水戸藩も昨年の大獄では、相当参っているようですね」

「なにしろ大老のことだから、ご三家といっても取潰しに躊躇することはない。それで、藩の依頼もあったから、江戸町奉行が探索に乗り出した。町奉行の与力同心以下、岡っ引きやその手先が、草の根を分けて水戸浪人の行方を追っているところ」

「はあ――」

「勿論、大老も身の危険を感じている。外桜田の彦根藩の上屋敷の警護は特に堅固になっている。いくら熱狂な尊攘の浪士でも、そこに押し入ることは無理だろう。また、大老の登城下城にも用心しなければならない。一昨日、大老の登城日だったが、大老の駕籠《かご》の周りには六十余人もの随従があったという。互いに安穏な日日はないのである」

「それで、雲見番も急進派などの探索に手を貸せ、というのですか」

と、古山奈津之助が言った。大力無双、総身《そうみ》に普賢菩薩《ふげんぼさつ》の彫物《ほりもの》を入れている奈津之助は、櫓の上で雲を見送っているようなことが大嫌いなのだ。

「まあ、そういうことだが、浪人の詮議は奉行所の仕事。ただし、急に忙しくなったから手の廻りかねる点も出て来た。そこで、雲見番の援助が必要になった」

正團はそう言って、懐からオランダ渡りのパイプを取り出し、煙草盆で火をつけてくゆらしはじめた。攘夷の浪人がこれを見たら、ただでは置かないだろう。正團は平然とパイプを手で磨きながら、

「三日ほど前になる。一人の娘が行方不明になった。旗本、上岡菊敬《うえおかきくけい》という人の次女でお八《や》

重《え》という、今年、十三歳になる娘だ。実はこのお八重の姉が、大奥お中﨟《ちゅうろう》のおさわさんなのだ」

大奥と聞いて、奈津之助はつまらなそうな顔をした。中﨟の妹を探すより、血気の多い水戸浪人と斬《き》り結ぶ方がすっきりするではないか。だが、正團はそれには構わず、

「その、お中﨟おさわさんは、実はお上《かみ》の寵愛を並みならず受けているお方によって、お上も心を痛めている、というわけだ。お上もまだお若くていらっしゃるから、寵愛するお中﨟の妹御のことで大きな声では言えず、私にそっと相談を持ち掛けたのです。だから、探索は極秘を心掛けるように」

正團の話では、上岡菊敬は芝、愛宕下《あたごした》の三斎小路《さんさいこうじ》に住んでいる。二月二十四日は近くの瑜《ゆ》伽山権現《かさんごんげん》の縁日で、上岡の妻は娘の八重とともに権現へ参詣に行った。その途中、八重は人混みにまぎれて別れ別れになってしまった。上岡の妻ははじめそう気にも留めず、いずれ帰って来ると待っていたのだが、八重は夜遅くなっても戻らなかった。

家中が不安になっていると、供をしていた女中が妙なことを思い出した。母と娘が参詣しているとき、女中のそばにかなり年を取った尼僧が近付いて来た。

尼僧は白い帽子をかぶっていて、ほとんど顔を隠すほどだったが、女中に近付けた顔はかなり異相だった。色が黒く、高い鉤鼻《かぎばな》で、落ち窪んだ眼窩の奥に、大きな目をぎょろつかせていた。尼は低い声で八重の方を指差し、女中に娘の干支《えと》を訊いた。八重は未《ひつじ》年の生まれだった。

相手が普通の者だったら、そんなぶしつけな質問には答えなかった、と女中は言った。だが、女中は尼僧に恐怖を覚え、見詰められるだけで身体が竦んでしまいそうだった。女中が八重の干支を言うと、尼僧は一つうなずいただけで、すぐ人混みに紛れ見えなくなってしまった。

「お八重さんの失踪前後、変わったことといえばそれだけです」

と、正團は言った。

「それまでの日常、ごく普通の生活だった。年が若いから男がいて駈落《かけお》ち、などは考えられない。金目当ての誘拐なら、とうになにか言って来るはずだ」

正團は八重の人相書きを四人の前に置いた。取り分けて特徴のない、器量も十人並みの娘だが、ただ一つ、小さいときに怪我をして、右の目尻に小さなくの字形の傷痕が残っている、という。

「どこへ行ったかも判らない一人の娘を探し出す。まあ、雲をつかむような話だが、これには怪しい尼がからんでいるようで、まず、手分けをして愛宕下あたりの尼寺を片端から当ってみるのが順でしょう」

と、正團は言った。

古山奈津之助が三田寺町にある極楽院《ごくらくいん》の門を出ると、

「もし、旦那」

と、声を掛けた者がいた。目付きのよくない二十七、八。紺木綿に千草《ちぐさ》の股引《ももひき》をはいている。

「ぶしつけですが、極楽院へはなんのご用で？」

「この寺は私の菩提寺。墓参りをしてきたところですよ」

「ほう……旦那にゃ、菩提寺がいくつおあんなさるんで」

「………」

「愛宕山では一山、この三田寺町に二山。しかも、どの寺も尼寺ばかりだ。皆、旦那の菩提寺でござんすかね」

「お前……私のあとをついて廻っていたのか」

「へえ、さようで」

男は懐から十手の端をちらりと奈津之助に見せた。

「あっしはこれでもお上の御用を承っている者だ。少少ものを伺いますが、旦那は商人《あきんど》の身形《みなり》をしちゃあいるが、本当はお武家様でしょう」

「どうして判る」

「失礼ですが身のこなしに少しの隙もねえ。その上、大小をつけちゃいなさらねえが、お腰のものを佩《は》いている歩き方と見ました」

「なるほど……元は侍だった」

「それも、ごく最近までで？」

奈津之助は楽しくなった。この男に背の彫物を見せたらどんな顔をするだろう。だが奈津之助はまだ正体を現す気はなかった。

「旦那、立話もなんですから、ちょっとそこまでご足労ねがいます」

奈津之助が連れて行かれたのは綱坂《つなさか》を登ったところにある自身番だった。男は番小屋に入ると、板の間に奈津之助をあげ、帯を鉄の環《かん》につないでしまった。

畳の間には番人が二人、呆っ気に取られたように二人を見較べていた。男はその二人に、

「大切なお客さんだ。お茶などいれてやってくれ。おれは親分を呼んで来る。なに、すぐ戻る」

と、言って、外に飛び出して行った。

番人は恐る恐る奈津之助の方を窺っていたが、大人しくしているのを見て、茶をいれはじめた。

「ここの親分はなんという方ですか」

と、奈津之助は穏やかに訊いた。年嵩の方の番人が答えた。

「四国町《しこくまち》の山蔵《さんぞう》さん。通り名は地獄の山蔵と言って、恐《こわ》い親分ですよ。お前さん、なにがあったか知らないが、地獄の親分に訊かれたら、包み隠ししない方がお為です」

このあたり、四国の大名の下屋敷《しもやしき》が寄り集まったところで、俗に四国町。その山蔵なら、予想したとおり、奈津之助がよく識《し》っている男だ。

まだ、本所に住んでいた小普請組のころで、暇な身体を持て余して浅草寺あたりをうろつき、新門《しんもん》の辰五郎《たつごろう》と親しくなった。山蔵もそのころ、辰五郎の家で働いていた、というより、半分ごろごろしていたのだ。

その山蔵は自身番に入って来るなり、奈津之助の顔を見て目を丸くした。

「こりゃあ、古山の旦那じゃあありませんか」

「いや……わたしは提灯屋《ちょうちんや》の六兵衛と申します」

「冗談言っちゃあいけません。一体、なんだってこんなところへ?」

「おれにも判らねえ。ありゃ、お前の手下か」

「へい。とんでもねえ粗相をしました。おい、環を外せ」

山蔵に言われて、番人は鎖のついた環を奈津之助の帯から外した。

「旦那はこんな鎖ぐらい、その気がありゃ引き千切ってしまうんだ」

「お前の顔が見たくてな。大人しくしていた」

「旦那も人が悪い」

山蔵は長い顔を奈津之助の方に向け、しげしげと見渡した。

「旦那は偉い出世をなすった、と風の便りで知りましたが」

「なんの、出世なものか。このとおり、提灯屋の六兵衛だ」

「提灯屋が尼寺へ出入りなどするもんですか」

「寺へ釣鐘《つりがね》なども売っている」

「提灯に釣鐘などと言いたいんでしょう。古い洒落だ」

「お前も真面目に働く気になったようだの」

「へえ。親父も年で、あっしもぼんやりしていられなくなりました」

「今聞けば地獄の山蔵だという。凄腕だということだ」

「旦那に凄腕などと言われちゃ、穴があったら入りたい」

「ところで、お前の手下はどこへ行った」

「久平なら、その足で極楽院へ探りに行きました」

「ははあ……あすこを急進派の浪人の溜まり場で、おれもその仲間の一人だと思っているな。せっかちな奴だ」

「……旦那もその探索で極楽院に行ったんじゃねえんですか」

「いや、おれのは急進派が相手などという華華しいもんじゃねえ。もっと渋い仕事だ」

「一体、極楽院になにがございます」

「なにもねえ。ひでえ荒寺だった。庭は草がぼうぼう。本堂だって屋根が傾き、今にも崩れそうだ。住んでいるのは尼さんが三人。揃って枯木みてえで、顔だけ見りゃ男だか女だかも判らねえ」

「……旦那はもっと瑞瑞しい尼さんをお探しで？」

「いや、それも瑞瑞しくはねえんだがな。お前は心当たりがあるか」

と、奈津之助は言い、上岡の女中が見たという、鉤鼻の尼僧の姿を山蔵に話した。

「さあ……そういう尼さんは見たことがありませんねえ」

山蔵が言うと、二人の番人も知らないと答えた。山蔵が訊いた。

「なんですか、その尼さんが天下を覆すようなことでも企んでいるんですか」

「それだと、こっちも張り合いがある。実は、その尼が娘を一人、さらっていったらしいのだ」

「娘を一人……そりゃあ、おっしゃるとおり、地味ですねえ」

「どうも、じれってえ。普段は雲を見ているのが仕事で、たまに外の用があると思うとこれだ。腕が鳴るわ、夜は身体がほてって眠られやしねえ」

奈津之助は気軽に八重の人相書きを山蔵に見せた。ところが、一目見るなり山蔵はあっと声を上げた。

「どうした。この娘に見覚えがあるのか」

「へえ……この、目尻の傷痕に確かな見覚えがあります。一昨日、この先の芝浜《しばはま》に打ち上げられた娘に相違ありません」

「……溺死か？」

「いえ、殺されていました。殺された上、腹を裂かれていて、臓腑のあらかたがなくなっていました。肌の色は変わっちゃいません。前の晩に殺されたようです」

「一昨日というと、二十五日だ」

「へえ、二十五日の明け方で」

とすると、八重はいなくなったその日のうちに殺され、翌朝、屍骸が浜に打ち上げられたことになる。

芝、金杉のあたりには魚問屋が集まり、昔は日本橋の魚河岸をしのぐ繁昌《はんじょう》だったという。山蔵の話によると、八重が見付かったのは、入間川《いるまがわ》が海に落ちるところ、俗に雑魚場《じゃこば》といって上質の小魚が荷上げされている。その雑魚場の若い者が砂浜に打ち上げられている娘を発見した。

娘は丸裸でその上、腹が大きく切り裂かれているというので大騒ぎになった。四国町の山蔵も報《し》らせを聞いて駈け付けたのだが、娘はなに一つ身に着けていないので、身元が判らない。

「そういうわけですから旦那。いいところへ来てくれました。なに、仏は近くの寺に預けてあるんですが、いつまでも置いちゃあいられねえ。明日にでも埋葬されることになっています」

と、山蔵が言った。

奈津之助が上岡の名を言うと、番人が住まいも書き添えて山蔵に渡した。山蔵はその名を見て、

「お旗本ですね」

「そうだ。こういう急な事態だから、お前の手下を走らせても無礼にゃなるまい」

そこへ、息せき切って久平が番小屋に戻って来た。

「親分、この怪しい者、白状しましたか」

「馬鹿野郎。この方は浪人なんかじゃねえ」

山蔵は叱り付けて、昔から付き合っている方だ、と久平に言った。

「尼寺にゃなにもなかっただろう」

「へえ、はじめ極楽院へ行きましたが、あそこの庵主《あんじゅ》さんは半分耄碌《もうろく》しているようでしてね。他の尼さんも似たようなもんで。一応寺の中を調べましたが、狭い寺で浪人が隠れているような跡はどこにも見当たりませんでした」

「寺町にはもう一山尼寺があると言っていたな」

「へえ、そこも同じで、他の者が潜んでいる様子はねえ。一応、親分にそう報らせて、これからは愛宕下の方に行って見ようとしているところです」

「もう、いい。この方は潜伏先から出て来たんじゃねえ。それよりも、一昨日、芝浜に打ち上げられていた若い娘の身元が判ったんだ」

それを聞くと、久平は顔をこわばらせて小声になった。

「そりゃ、結構で。でも、親分。続きがまだありますぜ」

「……なんだ、続きというのは」

「もう一人、神隠しにでもあったように、消えてしまった娘がいます」

久平の話によると、極楽院を調べて次の寺は沈林寺《ちんりんじ》だった。沈林寺は尼寺ではないが、境内に尼僧堂があり、四、五人の尼が修行していた。久平はそこでも怪しい者の隠れ家でないことを確かめた。ところが、本堂に商家の番頭らしい男がいてなにやら不安顔である。不審に思った久平が訊くと、日本橋平松町の西京屋という呉服屋の番頭で、西京屋の娘が朝、家を出たきり行方が判らないのだ、という。

「西京屋の三女で名はお咲《さき》というんですが、今日、西京屋では先代の七回忌の法要が沈林寺で行なわれたんです。親戚縁者が四つ（午前十時ごろ）までには寺に集まることになっていました」

と、久平が言った。

「西京屋では主人夫婦が先に家を出て、そのあとお咲が女中と一緒に寺へ向かったんですが、途中で女中はお咲とはぐれてしまった。場所は赤羽橋広小路のあたりで、絵草子屋などで道草をしているのだろうと、女中は方方を探したのですが、お咲の姿は見当たらない。行く先は決まっていますから、女中は気がかりなまま沈林寺に着くと、そこにもお咲はいない。そのうち時刻も過ぎ、お咲一人のために皆を待たせられませんから法要をはじめる」

「それで、法要が終っても、お咲は寺にゃ来なかったんだな」

と、山蔵が訊いた。

「へえ。西京屋の一行は墓参りを済ませると寺を出て行く。そのあとで、お咲が来るやとも思い、番頭だけが寺で待っていたんですがね。西京屋では出入りの頭などを頼んで、お咲を探させているところだそうです」

「……もう、日も暮れかかっている。さぞ、心配しているだろう」

「西京屋の番頭が言うには、主人は真直な商人を絵に描いたような人、店の者もいい人ばかりで他人から怨みを買うようなことはない。お咲はまだ若く、男とどうこういう年でもない」

「……お咲はいくつだ？」

「未年で、今年十三だといいます」

咲は殺された上岡の娘、八重と同じ年だったのである。


翌日の雲見櫓の上。

朝、集まった雲見番に奈津之助が昨日のことを報告すると、智一郎は興味深そうにいちいちうなずいていたが、話が一段落すると、

「それで、芝浜に上がった娘は、確かに上岡さんのお八重さんだったのですか」

と、訊いた。奈津之助は八重の遺体が置かれている寺で、報らせを受けた上岡菊敬が駈け付けて来るのを待っていた。菊敬が娘を確認し、遺体を三斎小路の屋敷に運ばせるのを見届けた、と答えた。

「そして、次が西京屋のお咲か」

と、智一郎は難しい顔をした。

「そのお咲もお八重さんと同じ未年というのが気になりますな」

「もし、お咲が戻って来たら、報らせるように地獄の山蔵に言い置いて来ました。しかし、朝になってもお咲が戻ったという報らせは来ませんでした」

と、奈津之助が言った。

「もしかして、お咲がいなくなったとき、西京屋の女中は、例の鉤鼻の尼を見掛けやあしませんでしたか」

「わたしも気になったので、そのことは山蔵に耳打ちしておきました」

「その尼だったら、見た者が何人かいました」

と、緋熊重太郎が言った。重太郎は品川方面を探索して来たのだ。

「ほう……どこの寺です」

と、智一郎が訊いた。

「いや……寺ではありません」

「寺ではない、というと?」

「品川宿の遊廓でした」

「お女郎屋ですな」

「はあ……品川の土蔵相模《どぞうさがみ》。といって、はじめから遊廓へ行ったのではないのです」

この緋熊重太郎という男は、将軍直属の雲見番としてばかりでなく、侍としても頼りがない。その間抜けぶりで安政の大地震のとき、左腕をなくしてしまったのだが、それが逆に剛の者として見えるからふしぎだ。だが、侍としてはだめなのだが、芝居や遊廓のことになると、その知識は誰にも負けず、片腕しかないのが女心をくすぐるのか、いつでも大切に扱われる。そのために手柄を立てたこともあるので、重太郎が探索を置いて、まず遊廓に赴いても、番頭の智一郎は気にもしないのだ。

「それで、その尼は土蔵相模で、女と遊んでいたのですか」

「いや、女を相手に占《うらない》を立てていたことがあったようです」

「なるほど、遊廓の女というのはとかく占が好きだ。それで、どんな占でしたか」

「なんでも、珍しい占だそうです。タローという骨牌《かるた》を使うんですが、これがふしぎによく当たる」

「タロー……聞いたことがない」

「南蛮渡来の骨牌です。図柄も骸骨であるとか、逆さ吊りにされた男とか、ずいぶん奇妙な絵が多いそうです」

「その尼は南蛮人ではないのですね」

「ええ。言葉に薩摩訛《なま》りがあったといいますから、南蛮人ではなさそうです」

「……品川の近くに薩州の下屋敷がある。遊廓の客は薩摩の侍が多い」

「その尼が品川に出没していたのは二月のはじめ、わずかな間だけで、すぐ、姿を見せなくなってしまったそうです。名を安蜘尼《あんちに》」

「アンチニ?」

「安いという字に蜘蛛《くも》の蜘、それに尼と書きます」

重太郎が聞き込んだことはそれだけだった。

智一郎は浅草方面を探索して来たが、何も得るところはなかった。浅草寺の新門辰五郎のところへ行き、協力を求めて帰って来たという。藻湖猛蔵は本所から深川にかけて聞き込みをしたが、これも手掛かりはつかめなかった。

「お八重さんは気の毒だったが、その下手人を捕えるのがこれからの仕事になりましたな」

と、智一郎は言った。

「お八重さんがいなくなったのは愛宕下、遺骸が見付かったのは芝浜。西京屋のお咲は赤羽橋の広小路で姿を消している。一方、鉤鼻の尼が出没したのは品川と愛宕下。どうやら江戸の南の方が臭います。早速、その方面を当たってみて下さい」

奈津之助はその後、地獄の山蔵がどこまで調べを進めているか気がかりだった。

奈津之助が城内を出ると、弁慶堀沿いの皀角河岸《さいかちがし》に、大名の行列が何組も通り過ぎていった。

——今日は公家衆参向の日だったな。

二月二十八日は京都から公家衆が江戸城へ参向する式日で、諸大名も続続と登城しているのだ。武鑑を手にしてその行列を見物している侍や町人も多い。堀端には笠見世《かさみせ》という掛け茶屋も出ていた。

奈津之助は桜田の大名屋敷を通って、新シ橋《あたらしばし》を渡り、天徳寺から西窪八幡、飯倉、増上寺赤羽門前の赤羽橋広小路。赤羽橋を渡ったとき、四国町の方から地獄の山蔵が手下の久平、

町役人と駆けて来るのに出会った。山蔵は奈津之助の顔を見るなり、

「旦那、いいところにおいでなすった。一緒に来て下さい」

と、足も止めずに言う。

「何があったんだ」

「この先、金杉橋に西京屋のお咲が見付かったんです」

「……殺されてか？」

「へえ。橋杙《はしぐい》に引っ掛かるようにして川に浮いていたそうです」

金杉川沿い、南金杉河岸を西へ。右側には大名屋敷の白壁が続いている。しばらく行くと将監橋《しょうげんばし》、その一つ先が金杉橋だった。

橋際に人だかりができている。山蔵が人の輪を掻き分けて川の汀に降りる。屍体は船着場に引き揚げられ筵《むしろ》が着せられていた。そばには町役人が二人。

「親分、ご苦労さまで」

二人は桟橋のわきに寄った。山蔵は合掌してから筵のそばにかがみ、そっと筵の端を持ち上げたが、すぐに顔をしかめた。

「惨いことをしやあがる」

「どうした。また、腹でも裂かれているのか」

「へえ、芝浜のときと同じです。ご覧になりますか」

金杉橋のすぐ下流は雑魚場で、魚市場の仕事は一段落したようだったが、それでも橋の上

や河岸には大勢の見物人が船着場を見下ろしている。山蔵はその視線を遮るように筵を持ち上げた。

藻のような髪の中にある娘の顔は眠っているように穏やかだったが、衣類はすっかり脱がされていて、無残なことに鳩尾《みぞおち》から下腹部にかけて竪一文字に切り裂かれ、腸が外にはみ出している。傷は鋭利な刃物によったらしく、しかもためらいがない。

山蔵は胸が悪くなったようで、筵を元通りにして立ち上がった。

「確かに、西京屋の娘か」

と、奈津之助は山蔵に訊いた。

「へえ。人相、年ごろが一致する上、左足首にほくろがございます。間違いはありません」

筵から白い足首が覗《のぞ》いている。その左足首にははっきりと黒いほくろが見えた。

「芝浜のときもこうだったのだな」

「へえ。腹の裂かれ方は同じで。ただ、芝浜のはかなり傷んでいて、臓腑のほとんどは流された状態でした」

「とすると、お八重は一度海に出たので、魚などに荒されたわけだ」

「検視の旦那が見ればはっきりするでしょうが、あっしの見たところでは、殺されたのは昨夜あたり」

「とすると……お八重さんのときも、この金杉川を流されて一度は海に出たが、潮の加減で芝浜に打ち上げられた、と考えられるかな」

「へえ、殺され方が同じですから、あっしもそう思っていたところで。お咲のときは、たまたま橋杙に引っ掛かったので、海に落ちなかったのでしょう」

「二人とも、未生まれだ」

「へえ――」

「そして、二人とも胆《きも》がなくなっている」

言われて、山蔵はぎょっとした顔になり、急いで筵をめくってその下を見た。

「おっしゃるとおり、胃や心の臓は残っていますが、胆が切り取られています」

「未生まれの生胆を食べると、どんな病いに効くと思う？」

「……気味の悪い話ですねえ、旦那。未年生まれの生胆などというと、まるで怪談話みてえだ」

「だがな、山田浅《あさ》右《え》衛門《もん》のところじゃ、人胆丸を作って売っている」

世に首斬浅右衛門といい、死罪人の首打役だ。山田家では代代、将軍や大名の刀で死罪人を試し斬りにしては鑑定書を作り、かたわら、屍骸を引き取ってその胆で人胆丸、山田丸という薬を作っているのは周知のことだった。その薬は労咳《ろうがい》（結核）に効能があるとされている。

「地獄の親分は人の胆を薬にするようなのは嫌いか」

と、奈津之助が訊いた。

「まあ、なろうことなら願い下げですがね。それが本当だとすると、好き嫌いは言っちゃあいられません」

「下手人は未年生まれの娘の生胆を取り、いらなくなった身体を川へ捨てたのだ」

山蔵は気味悪そうに川上の方を見た。

「……この上流は赤羽川だ」

「へえ、お咲は赤羽橋あたりで姿を消しています」

金杉橋から海に落ちる川は昔は古川といい、源流は玉川上水で、四谷大木戸にある吐《はき》で余水が分流され、その土地土地で渋谷川、赤羽川、金杉川と呼ばれ金杉橋から海に落ちている。

「赤羽橋あたりには、大名の屋敷が多くあるな」

「へえ、川の北は増上寺ですが、南は薩州様の上屋敷、川沿いには中屋敷。その上は有馬様の上屋敷――」

「鉤鼻の尼は薩摩の訛りがあったと言ったな」

「へえ――」

「薩摩の屋敷の中に尼がいるとなると……」

「町方は手が出せません」

そのとき、橋の上にいる見物人が左右に分かれた。町奉行所の同心たちが検視に来たのだ。

橋を渡って来る一行を見て、奈津之助はそっと山蔵に、

「おれのことは喋らないでくれ」

と言って、その場を離れた。

奈津之助はその足でもと来た道を戻り、赤羽橋に行った。足を緩めて橋の欄干を見て行くと、もしやと思っていたものが見付かった。橋の中央あたり、誰でも見過ごしてしまいそうなわずかなものだったが、欄干にこびり付いているのは、明らかに血痕だった。

橋の上から下手を見ると、右側には一丁ほどの町屋が並び、その先は大名屋敷の塀が続いている。その一番手前が、薩摩藩の中屋敷である。

亥の刻（午後十時ごろ）奈津之助と藻湖猛蔵は薩摩中屋敷の塀に寄り添い、黒紋付の羽織を脱いで裏返しに着なおした。裏は柿色の無地で、裾《すそ》を黒の袴《はかま》の中にたくし込み、更に袴についている紐で足首と脹脛《ふくらはぎ》を絞った。蘇芳色《すおういろ》の三尺手拭を頭巾にすると、またたくうちに忍び装束姿になる。甲賀流忍術の秘伝である。

猛蔵は太刀を抜いて塀に立て掛け、四瓣の花形の角鍔《かくつば》に足の指を掛けて、ものをも言わずに塀の上に登った。口にくわえていた下緒《さげお》を引くと、太刀は猛蔵の手元へ。猛蔵の姿が塀の向こうに見えなくなると、代わりに奈津之助の目の前に縄梯子《なわばしご》がするすると下がって来た。奈津之助はその梯子を伝わってこれも塀を乗り越える。

塀の内側は庭だった。星明りに池の水面がかすかに見える。池の向こうは黒黒とした建物が連なっているがどこからも明りは洩れていない。甲賀流忍術の継承者、猛蔵は夜目が利くのが自慢だ。なにを見たのか屋敷の北側に足を向けた。庭が切れると柴垣となり、枝折戸を抜けたところから、塀沿いに勤番長屋が並んでいる。その奥が露地で、主殿から離れたところに小さな草堂が建っていた。堂はかなり古いものらしく、ところどころの隙間から細い明りが外に洩れていた。

猛蔵はためらうことなく堂に近寄り、濡れ縁に登ると明りの洩れている隙間に顔を寄せた。奈津之助も扉の隙間に目を近付ける。

正面は結界を周《めぐ》らし、奥にはなにやらが祭られている様子で、その手前に角行灯《あんどん》が置かれ、うずくまるようにしている人影があった。その姿は後ろ向きで顔は判らないが、床に書物を置いて読み耽っているようだった。堂内は一人だけで、ときどき書物を繰る音が聞こえるほど静かだった。

しばらくすると、猛蔵は業を煮やしたのか、大胆にも扉に手を掛けた。扉はぎいと音を立てて半開きになった。堂の中の人影ははっとしたように振り返った。だが、行灯を背にしているのでその顔は判らない。猛蔵は更に扉を大きく開いた。

それを見て人影は本を閉じて立ち上がり、行灯を手にして扉の方に近付いて来た。

「誰じゃ？」

そのとき、顔がはっきりと見えた。尼の僧服を着た、鉤鼻の老女だった。

猛蔵が堂内に飛び込み、尼が持っていた行灯を叩き落として火を消してしまった。

「曲者《くせもの》っ――」

その声に長屋門の方から小さな明りが近付いて来た。松明《たいまつ》を手にした番侍《ばんざむらい》らしい。猛蔵はすぐ堂内から出て来て、露地の茂みに身を潜める。番侍は二人だった。

「安蜘尼どの、いかがしました」

と、一人の番侍が訊いた。

「なにやら、曲者が忍び込んだようだ。行灯を消されて顔は見なんだが、黒い男でごじゃる」

侍は松明をかざして堂のあちこちを見て廻った。奈津之助と猛蔵は侍をやり過ごし、元の庭に戻った。塀には乗り越えたときの縄梯子が松の木に結ばれていた。まず奈津之助が梯子を伝って塀の外へ。縄尻を持っているとすぐ重みがかかった。猛蔵も続いて塀を飛び降りると梯子を丸めてしまう。手拭の頭巾を取り袴の紐を解き、羽織を裏返して元通りに着なおす。小提灯に火を入れ、静かに歩きはじめると、品川の遊廓からでも帰って来たような二人連れの姿。

追手がないのを確かめて、猛蔵は懐から光るものを取り出して奈津之助に見せた。

「焼香机の上にこれを見付けたから、持って来てやった」

奈津之助が見ると、小さな珊瑚玉《さんごだま》のついた銀簪《ぎんかんざし》だった。

「尼に簪でもあるめえ。ひょっとすると、殺された娘の誰かが挿していたものじゃねえかと思ってね」

猛蔵はついでに、尼が読んでいた本の題も覚えていた。それは『紫極宮占術秘録』だったという。奈津之助は猛蔵の目の早さにびっくりした。

三人目の娘は麻布本村町《ほんむらまち》、御殿新道《ごてんしんみち》にある質屋、野田屋宗七の次女、これも未年生まれの十三歳、名をせいといった。

猛蔵が赤羽橋の薩摩中屋敷から持ち出した簪は、地獄の山蔵によって、西京屋の娘、咲の所持品だということが判った。それによって、咲が何者かに薩摩屋敷に連れて行かれたことは確かになったが、その後屋敷内で殺害されたという証拠はない。しかも、相手が大名のことだから、山蔵たち町方の者が踏み込むこともならない。雲見番が奉行所を動かせば別だが今のところ二人の娘が屋敷内で殺されたというのは憶測の段階だった。

奈津之助は安蜘尼という尼僧が屋敷から出て来たら、すぐに捕えて咲の簪を種に、事情を喋らせるように言い置くしかなかった。

智一郎は猛蔵が見て来た『紫極宮占術秘録』という書物に興味を示した。

「紫極宮の紫極というのは、唐《から》の国の言葉で紫微北極《しびほっきょく》のこと。星の宿りでいうと、北斗星の北にあって天帝の住まいとされています。その紫微北極を占うのであれば、その星の宿りに異変が起きているかも知れない」

と、智一郎は言い、その夜は一晩中夜空を見上げていた。翌朝、奈津之助が雲見櫓に登ると、智一郎はぐっすり眠りこけていて、起こすと、

「いや、紫極宮に異常はにゃかった」

と、むにゃむにゃした声で言った。

野田屋宗七の娘せいが失踪したことを奈津之助のところに報らせて来たのは地獄の山蔵で、三月二日の夕方だった。

雲見番は番頭の智一郎をはじめ、四人は八丁堀玉子屋新道にかたまって役宅を持っている。山蔵からの報らせを受けた奈津之助は、すぐ、智一郎の役宅に向かった。

智一郎も下城していて、写真機を磨いているところだった。智一郎は奈津之助の話を聞くと、写真機をわきに置き、やれやれという顔をした。

「三人目……その娘も未年ですか」

「未年ですから、山蔵が急いで報らせに来たのです。おせいは朝食後、踊りの稽古所に行き、そのまま帰りませんでした。いつもなら一刻（約二時間）ほどで稽古が終るのですが、昼過ぎになっても戻って来ない。親が心配をして稽古所に行くと、今日、おせいは一度も稽古所に顔を出さなかった、といいます」

「……その稽古所は？」

「野田屋と同じ本村町の稽古所で、門脇流《かどわきりゅう》の杜梅《とばい》という女師匠だそうです」

「……本村町というと、四国町のそばでしたな」

「近くに古川が流れています」

奈津之助は山蔵の話を聞いたときから覚悟はできていた。

「また、薩摩屋敷を探ってみましょう」

「いや……」

　智一郎はちょっと天井を見て、

「最初に殺されたお八重は芝浜に打ち上げられた。こりゃあ下手人の予想外のことだったに違いない。本当はお八重の屍体は金杉川から海に流す計画。屍体が見付かればいろいろ厄介なことが起きるでしょう」

「そう……そのため、屍体の身元が判ったのですからね」

「次のお咲の場合は、金杉橋の橋杙に引っ掛かって海には落ちなかった。この二件の連続殺人で、金杉川から赤羽川のあたりが怪しいと睨み、薩摩屋敷に侵《しの》び込んでお咲の持ちものだった簪が証拠の品になった。お咲も、海に流れてしまえば、薩摩屋敷は疑われずに済んだのです」

「というと……薩摩では三人目は同じ屋敷内では殺さない？」

「そう思いますな。それでなくとも、怪しい者が忍び込んでいる。三度、同じことは繰り返さないでしょう」

「すると……おせいはどこへ連れて行かれたのでしょう」

「この広い大江戸で、一か所だけ安全だと思われる場所があります」

　と、智一郎は言って、いたずらっぽい目で奈津之助を見、

「どこだと思います？」

　と、言った。奈津之助は腕力なら誰にも引けは取らないが、こうした思考は得意ではない。

言い澱んでいると、智一郎はけろりとした顔で、

「三田寺町の極楽院などというのは、どうでしょう」

と、言った。

「あの尼寺なら……わたしも行ったし、山蔵の手下も探りに行っています。ひどい荒寺でしたよ」

「そこがよろしい。尊攘急進派浪人の溜まり場だと疑われ、二度も探りが入っている。人は一度、疑いを解くと、二度と疑わないものです」

奈津之助はなるほど、と感心した。


奈津之助が外に出ると、小雪がちらついていた。三月の雪とは珍しい。紫極宮に異変があるかもしれない。前の例では娘が失踪したその日のうちに殺害されている。だから急がなければならないのだが、雪空では星も見えない。

奈津之助は智一郎の役宅を出ると、その足で猛蔵を誘い、二人連れで極楽院に急いだ。

古い山門を入ると、すぐ右手に中ほどで折れた松が見えた。よほど以前、雷にでも打たれたものか、枯れた梢は行手をふさいで枯れたままになっている。正面の本堂は茅葺《かやぶ》きの屋根がずり落ちそうな有様だった。

二人が本堂に近付こうとしたとき、左手に建っている小さな堂の裏から、ふいに一人の尼

僧が現れた。奈津之助が見ると腰の曲った小さな老女だ。

「この雪では桜がしぼんでしまいますのう」

尼は二人を疑おうともせず、歩き出そうとする。奈津之助は声を掛けた。

「少少、ものをうかがいたい」

「なんでありましょう」

「今日、ここに若い娘が連れられて来ませんでしたか」

「というと、あなたも薩州様の方方か」

「……はい」

「それなら、少し遅うございましたよ」

「遅かった、とは？」

「全てが終り、皆さんが引き揚げた後でございます」

「……娘は？」

尼はなにかを思い出したように、にやりと笑った。

「面白いものを見損ないましたな。おお、冷たい。ここで立っていたら、雪の達磨さんになってしもう」

尼は背を丸めて歩き出した。二人はその後に続く。

尼は本堂の右にある枝折戸を通り、方丈《ほうじょう》の中に入った。壁のあちこちに雨洩りのしみができている狭い部屋で、行灯の弱い光の中で同じような老尼がつくねんと坐っていた。老尼

はゆっくりと三人を見廻し、

「覚心《かくしん》、お客人かえ」

と、しわがれ声で訊いた。

「はい、遅れて来た薩州様の方方でございます」

覚心と呼ばれた尼は這うようにして部屋に入り、二人を招き入れた。

「庵主さん、あれをお聞かせなさいませよ。わたしは話し下手でもの覚えも悪うございます」

覚心に言われて、庵主は目を細くした。笑うと二人の老尼は双子のようにそっくりになった。

「半刻前でございますよ。場所はここの妙見堂で、薩摩様のお侍と立会人は……ええと……」

庵主と覚心は二人掛かりでやっと安蜘尼の名を思い出した。

「薬で眠らされた娘は衣服をすっかり脱がされ、戸板の上に大の字に縛りつけられましたが、その綺麗なこと。お乳はわずかにふくらんで、あなた、下はまだぱっかり……」

庵主はさも楽しそうに話し、覚心もうっとりとした顔で聞き入っていたが、進むにつれ話は酸鼻を極めていった。

戸板に縛られた娘の腹を、一人の侍が小刀で切り裂き、腑分けをした、というのである。

庵主ははじめの一刀で、白い肌に血の糸を引き流れ出す有様、心の臓、胃、胆などが取り分けられる光景を微に入り細をうがって話した。だが、それが何のためなのかは、庵主たちはどうでもよく、生きながらの腑分けをはじめて目の前にしたことで目を輝かせるのである。

庵主の話を聞き終っても、なお不思議な思いは谺《こだま》のように尾を引いていた。奈津之助は庵主に訊いた。

「その後、娘の屍体はどうしました？」

「お侍たちが手分けをして、この裏の墓地に埋葬しました」

「娘の名を知っていますか」

「さあ……」

「どこから連れて来られたかも？」

「はい、判りません」

「娘の着物などは残っていませんか」

「それもお侍たちが持って帰りました」

奈津之助は覚心に妙見堂へ案内してもらった。

堂内は片付けられていたが血腥《ちなまぐ》さが残っている。娘が縛られていたという戸板は片隅に立て掛けられていた。戸板は水で洗われているが、奈津之助は板の合わせ目に血が残っているのを見付けた。

妙見菩薩は北辰菩薩ともいい、北斗星を神格化した菩薩である。

奈津之助が外に出ると、雪は牡丹雪になっていた。

翌、三月三日は上巳《じようし》の節句。春には稀《まれ》な大雪になった。

奈津之助が雲見櫓の雪掻きをしていると、智一郎が紅葉山文庫《もみじやまぶんこ》に行くと言い残して、そそくさと雪を踏んでいなくなった。奈津之助たちが雪掻きを終え、雲見櫓に登って一服しているころ、智一郎がぼうっとした顔で帰って来た。

「紅葉山文庫にも『紫極宮占術秘録』はありませんでした。多分、書き本だったのでしょう」

智一郎はそう言って、煙草盆を引き寄せた。

「しかし、さすがですな。書物奉行筑波外記《つくばげき》さんは大層な物識りだ。紫極宮という名がつけられているのは、星だけではない、ということを教わりましたよ」

「星のほかには？」

と、重太郎が訊いた。

「胆。肝の臓《かんのぞう》のことも紫極宮と呼ぶそうです。ほれ、胆っ魂《きもったま》、胆が据わるというように、人の精神力の中心になるのが胆ですから、天帝と同じように紫極宮という名が付けられたそうです」

「すると……紫極宮占とは、胆占のことですか」

「それが本当なら、とんでもなく恐ろしい占です」

「しかし、昨夜、未年の娘が実際に腑分けされています」

「……連中はなにを占おうとしていたのでしょう。人が三人まで占の生《い》け贄《にえ》にされたとすると、よほど大事なことに違いありませんな」

いずれにしても、雲見番が調べ上げた事の仔細は鈴木阿波守正團に報告してある。正團が奉行所を動かし、薩摩屋敷と極楽院に手が入るのは間近である。

「それにしても、阿波様は忙しい。今日は上巳の節句で儀式がはじまるでしょう」

と、奈津之助が言うと、智一郎はうなずいて、

「そう。今日は各大名も登城して、上巳の祝いを――」

と、言いかけ、白目を出してしまった。だが、すぐあたふたと煙管《キセル》を煙草入れに戻そうとした。よほど慌てているらしく、うまく煙管筒に戻らない。

「さあ、皆さんも早く――」

「一体、どうしたんです」

「なぜ、早くそれに気付かなかったのか。もう、遅いかも知れない。いや、でもまだ間に合うかも――」

「なにが遅いんです」

「事件のはじめ、お八重が殺された翌日が、大老の登城日だと気付いたのです」

そう言えば、この事件で最初に正團が雲見櫓に登ってきたときが二月二十七日。正團は一昨日が大老の登城日だと言っていた。お八重がいなくなったのはその前日である。

「そして、次のお咲が失踪したのが二月二十七日。この翌日が公家衆参向の式日で、大老も登城。更に、昨日はおせいが腑分けされ、今日が節句の祝いで大老が登城――」

そのとき、雪の日の静かさを破り、一発の銃声が聞こえた。

「しまった――」

智一郎は櫓の階段から転げ落ちるように下っていった。


その日の五つ半（午前九時ごろ）総指揮は薩摩藩邸の有村治左衛門宅に潜んでいた、水戸脱藩浪人の金子孫二郎、水戸脱藩浪人の関鉄之助をはじめとする十八人の急進派は、芝愛宕山に集結してから、桜田門外に出て大名の登城を見物する体《てい》を装い、井伊直弼の登城を待った。

直弼の駕籠《かご》は外桜田の屋敷を出発、供廻りの徒士《かち》以下六十余人が警護していた。行列が桜田門に近寄るや、急進派はいきなり一行に斬り掛かった。

そのうちの一名が発砲、弾は駕籠を撃抜き直弼の腰に命中した。

雲見番の四人が現場に駈け付けたとき、すでに事は終っていた。

桜田門外のあたり、雪の上は夥《おびただ》しい血で染められ、そこかしこに腕や指が飛び散っていた。十数人が雪中に倒れ、中には重傷を負って呻いている者もいる。駕籠から引《ひ》き摺《ず》り出された大老の屍体は、すでに首がなくなっていた。

そのうち、外桜田の彦根藩の屋敷内から数人が現れ、大老の胴体を菰《こも》に包みはじめた。

その夜、町奉行、寺社奉行が調べたところによると、智一郎の言った通り、急進派の指揮者たちは薩摩屋敷に集まり、決行の日を占っていたことが判った。

二月二十五日、二月二十八日は直弼の登城の日だったが、前日の胆占の結果はいずれも凶と出たために討入りは中止。三月二日の占ではじめて吉が出て、翌日に直弼襲撃が行なわれたのである。

その日は雪で、供の侍たちは雨合羽を着、濡れるのを嫌って刀は柄袋《つかぶくろ》をつけていたため、浪人たちの急襲に後れを取ってしまったという。

極楽院の墓地からは娘の屍体が掘り起こされ、野田屋のせいと確認されたが、安蜘尼の行方はついに判らなかった。

大奥の曝頭《しゃれこうべ》

「ねえ、頭《かしら》。こんなのを思いついたんですがね」

「……どんなのです」

「城内にいても外記《げき》とはこれいかに」

「なるほど、面白いな。それなら、大奥にいても中﨟《ちゅうろう》とはこれいかに」

「さすが、頭は頭の巡りがいい。それではもう一つ。損をしても徳川とはこれいかに」

「ううむ……得をしても釈尊《しゃくそん》（損）というが如し、といきますかな」

雲見櫓《くもみやぐら》の上。雲見番番頭《ばんがしら》の亜智一郎《あともいちろう》と番方の緋熊重太郎《ひぐまじゅうたろう》が、朝、登城してから空を見ていたが、この日は雲一つないうららかな初夏で、ともすると眠くなる。眠気ざましに二人が駄洒落問答をしていると、急に智一郎が口をつぐんだ。

この男、予言者かと思うほど勘が鋭い。重太郎がいくら耳を澄ませても感じないのだが、智一郎がふいに喋らなくなったのは、誰かが櫓に登って来る証拠だ。重太郎はそれを知っているからじっとしていると、はたして階段を登って来る音が聞こえて来た。

将軍側衆《そばしゅう》の鈴木阿波守正團《すずきあわのかみまさあつ》、六十に近い福相で、紺の鱗巴《うろこどもえ》の小紋に、麻の半裃《はんかみしも》は藍《あい》色の鮫小紋だった。

正團は上座にどっかりと胡坐《あぐら》をかくと、しばらく外を見渡していたが、

「ときに頭。狸が嫁になってコン（婚）礼とはこれいかに」

と、いたずらっぽい顔で言った。智一郎は髷《まげ》にちょっと手を当てて、

「狐が空寝《そらね》しても狸寝入りというが如し、です」

「うん、できた。ふしぎだな。ここに来るとつい駄洒落が言いたくなる。だが、駄洒落を言うためにわざわざ櫓に登って来たりはしない」

「ごもっともで」

「番方のあとの二人、藻湖《もこ》さんと古山《ふるやま》さんはどうした」

「今日は非番でございます」

「うん、ちょうどいい。今度の仕事は勇ましいあの二人には向かない。頭と緋熊さんのような優男《やさおとこ》でないとだめだ」

智一郎と重太郎は顔を見合わせた。今度も正團は厄介な仕事を担いで来たらしい。正團は煙草盆を引き寄せ、懐から取り出したオランダ渡りのパイプに火をつけながら、

「ここは結構な日和《ひよ》りだが、下界は尊王攘夷《そんのうじょうい》の嵐が吹き荒れている。とても、駄洒落を言っている場合ではない」

「はあ――」

「早いもので、お上《かみ》が将軍を継嗣されてから四年目、お上は十六歳におなりだ。それについて、早く御台所《みだいどころ》をお迎えしなければならぬ」

「はあ――」

「といって、こういう時節であるから、御台所は誰でもいいというわけにはいかない。一番望ましいのは、京の天皇家から嫁をもらうことだ。そうすれば朝廷は公儀に盾突《たてつ》くこともなくなるだろうし、尊攘派も和やかになろうというもの。これは、今考え出されたことじゃあ

ない。昨年、桜田門外で殺された掃部頭《かもんのかみ》（井伊直弼《いいなおすけ》）がすでにお上が将軍になられて間もなく、朝廷を統制する一手段として起案された。掃部頭が白羽の矢を立てたのが、孝明天皇の妹御、和宮《かずのみや》さまで今年十六歳。御年もお上と同い年」

「しかし……和宮さまにはすでに有栖川《ありすがわのみや》宮親王とご婚約が決まっていて、お断わりになったと洩れ聞いておりますが」

「さよう。もともと禁裏というところは、今でも関東の武士を荒くれだと思っている。世間外れの生活をしているから、異人と聞いただけで顔色を変える。そうした公家衆の中で育てられた姫君だから、京を遠く離れた江戸に嫁入りするのを好むはずはない。だが、お上の年にふさわしい姫君は、和宮さまをおいて外にはいらっしゃらない」

「すると、姫君の婚約を破棄してまで、江戸にお連れしようとしているのですか」

「そうだ。これは姫君一人の問題ではない。公武合体して国を守らなければならない重い使命が姫君の上にかかっている。どうしても、うんと言ってもらわないといけない」

「……運命ですなあ」

と、智一郎は嘆息した。将軍の御台所といえば、これ以上の出世はない。名誉欲のある者なら否応はないはずだ。ところが、黒船が浦賀に現れて以来、公儀は朝廷の障りであり、姫にとっては関東は蓄地でもある。その地に降嫁しなければならない、まだ年若な和宮の心中は想像にかたくない。

「温恭院様《おんきょういんさま》（先代将軍家定《いえさだ》）のとき、大奥に姉小路という上臈《じょうろう》がいた」

と、正團は話を続ける。

「この方はとにかく権勢があり、公のことにも口を出し、大小名も一目置いて献上の菓子折の底にはいつも金銀が入っていたという。もし、その上に容姿に優れていたら、第二の江島と呼ばれていただろうと言う人が多かった。いや、世上に女は器量などというが、大奥も同じですな。そうでしょう、緋熊さん」

「いや……女は愛敬ではないですか」

と、重太郎が言うと、正團はにこっとして、

「はて、そうだったかな。それはともかく、温恭院様が亡くなったあと、姉小路さんの収賄が露われて蟄居《ちっきょ》の身となった。以後、麻布市兵衛町の高家《こうけ》、畠山民部少輔の屋敷に謹慎していたのだが、掃部頭が蟄居を許して屋敷に呼び寄せた。当時、このことを知る者は誰一人いなかったが、実は姉小路さん、大事な用を言いつかって、京に旅立っていたことがのちに判った。すなわち、掃部頭は和宮さまの降嫁奏請を姉小路さんに依託していたのですよ」

「すると、いよいよ降嫁が本決まりなのですか」

「そう。お輿入れということになれば、禁裏は莫大な支度金を手に入れることができる。遅くとも今年中には、和宮さまは京を発つことになっている」

正團はパイプの煙を目で追いながら、

「それにつけて、姫君をお迎えする大奥だが、このごろ大奥には怪しの話が蔓延しているのだ」

と、難しい顔になった。
「それは、宇治の間のあたりに幽霊が出没、長局の廊下に曝頭《しやれこうべ》が転がっているのを見て、気絶した女中がいる、などというものだ」

宇治の間は一名「開かずの間」と呼ばれている。上の間は二十五畳敷で格天井《ごうてんじよう》、襖《ふすま》には極彩色で宇治茶摘の図が描かれているので宇治の間と呼ばれている。

この座敷は元禄のころ、御台所の御座所だったのだが、柳沢騒動以来、一度も使われたことがない。その後、大奥は再三火災で焼失したにもかかわらず、この不要の宇治の間は、その度に復元されてきた。なにごとも先例旧格を尊ぶ大奥ならではのことである。

その、柳沢騒動は徳川期で最も大きな事件の一つだった。

五代将軍綱吉は越後高田騒動を自《みず》ら裁決、大名旗本の綱紀粛正に当たる一方、学問を好み湯島聖堂を設るなど、文化興隆に功績を残した。

だが、大老堀田正俊が殿中で稲葉正休《まさやす》に刺殺されたあと、柳沢吉保を大老に取り立ててから様子がおかしくなった。

柳沢吉保は小納戸役から側用人となり、綱吉の寵愛を受けて大老にまで出世した人物である。

巷間に流れている俗説によると、吉保は綱吉の機嫌をとるため、屋敷内に吉原を模した遊廊を作って遊ばせたという。これは話に尾鰭《おひれ》をつけたものだろうが、自分の愛妾、おさめの方を綱吉に近付けさせ、一子を身籠もらせたことは事実だ。

ただし、この子吉里が綱吉の子か吉保の子かは判っていない。にもかかわらず、おさめの方は御落胤と言い張り、綱吉を籠絡して甲州百万石のお墨付きを手中にした。更に、吉里に次期将軍を継がせる運動を起こした。

そのために吉保は収賄汚職の限りをつくし、貨幣を改悪濫造して物価の高騰を招く一方、綱吉の母桂昌院と僧隆光をそそのかして、生類憐み令を頻発、暗君に仕立てられた綱吉は犬《いぬ》公方《くぼう》と嘲罵されるようになった。

吉里の将軍継承に手が届きかけたとき、国の乱れを憂えた綱吉の正室、鷹司信子は、ある夜、闇中で綱吉を刺殺し、返す刃で自らの命を絶った、という。

その惨劇のあった部屋が、宇治の間だとされている。

「そのとき、ご他界のお手伝いをしたお年寄《としより》が、ときどき外の廊下に出る。以前からそういう噂があったのだが、最近もそれを見た女中がいるのだ」

と、正團は言った。

「大奥は六千三百坪、表と中奥を合わせたより広い。そこに、大奥の美女三千人——というが、昔は知らず今はそれほどではあるまい。だが、この広大な御殿に男子禁制の女の園があるわけだ。そこに寝起きできる男はお上一人だけ。といって、お上も生身の人間だから、片端から女中にお手を付けるわけにもいかない。お上のお相手になるのはごくわずかな女中だけだ。当然、大奥は欲求不満、羨望と嫉妬が渦を巻いている。また、大奥の近くには万古斧《ふ》鉞《えつ》の原生林、吹上《ふきあげ》の庭が広がっているから、そこからやって来る狐狸の類も少なくない。大奥には昔から怪談綺語の絶えることがないのだ」

「つまり……将軍継承のときや、将軍の婚礼には一際《ひときわ》不思議な話が多くなるのですね」

「頭の言う通りだ。奥は表の鏡、表では昨年大老が殺され、尊攘でごたついている。それを映す大奥でもかなり綱紀が乱れていると思う。それに付け込んで、何者かが妄言を撒《ま》き散らしているに違いない」

「……大奥には権勢のあるお年寄がいらっしゃる」

「権勢があるといっても威張り散らすだけが得意だ。幽霊や髑頭なぞの詮議は手に負えなかろう」

「困りましたな……大奥ではわたしたちも手が出せません」

「そこを出すのだよ、頭」

「はあ？……」

「頭らしくもない。よく考えてみなさい。大奥は男は入れないが、女なら通ることができる。はじめ、藻湖さんや古山さんには向かない、と言ったのはそのことだ」

「すると……まさか、わたしたちが女に化けて？」

「そう、そのまさかだ。頭と緋熊さんは優男だから打って付けだ。二人は女に変装して大奥に入り、事の真相を探り出してもらいたい」

「…………」

「差し当たって、四月八日は灌仏会《かんぶつえ》。釈尊の降誕祭だ。この日に限って商婆《あきないばば》が長局に出入りすることができる。商婆婆は大奥御用達商人の妻女で、二十五、六から四十前の女だ。長局の三の側《がわ》、四の側の廊下に露店《ほしみせ》を張って、いろいろな商品を女中に売る。その日、二人は商婆になり、大奥に侵入していろいろなことを訊《き》き出すのだ」

正團はそう言うと、懐から二通の通行切手を二人の前に並べた。

智一郎は怖ろしそうな顔でその切手を見ていたが、正團にそっと訊いた。

「もし、大奥でわたしが男だということが露顕したときには？」

「まず、頭の首は胴についてはいなかろう」

智一郎の顔がさあっと蒼《あお》くなった。

「緋熊さんは芝居に精通している」

「……まあ」

「女方《おんながた》の声色などもできるでしょう」

「はあ。でも、侍として自慢にはなりません」

「いや、今度の仕事はそれが大いに役に立つ。そこへいくと、わたしなどに女の声が出せるわけがない」

「それなら、頭はなにも喋らなくてもいいです。わたしがその方は一切引き受けましょう」

京橋弓町の裏通り、俗に蛙小路《かわずこうじ》。小ぢんまりした仕舞屋《しもたや》で、富本豊絹太夫《とみもとよきぬだゆう》、女師匠だが弟子を取ったり席亭に出ているわけではない。雲見番の秘密の溜まり場なのである。

その二階で、智一郎と重太郎は、銘仙《めいせん》の袷《あわせ》に前垂《まえだれ》をかけて、豊絹太夫ことぎぬに丸髷の鬘《かつら》を合わせてもらっていた。商家の新造《しんぞ》といった扮装だ。

智一郎はきぬの手伝いで着付けを終え、眉を落としてお歯黒を染め化粧してもらうと、どこから見ても上品な新造に変わったが、動きはなんとなくぎこちない。見ていた重太郎が注意した。

「女方の秘伝というのがあります。半紙を両膝の間に挟み、それが落ちないように踊りの稽古をするのだそうです」

「つまり、両膝が離れないような動きをすればよろしいのですね」

智一郎は変にしなしなと歩きだした。きぬが思わず吹き出す。

「頭、今、回文ができました」

と、重太郎が言った。

「ほう……どんな回文です」

「歩《ある》いてしなしなしている亜《あ》」

変装が終ると、きぬが用意した草双紙《くさぞうし》や錦絵を荷台に入れ大きな風呂敷に包んで背負った。

灌仏会で本屋を開こうとするのだ。

二人は連れ立って蛙小路を出、鍛冶橋門を通って大名小路を抜け、大手堀沿いに北へ行くと平川門があった。ここから城内である。平川門をくぐって今度は南に行くと下梅林門、番所の前を過ぎると上梅林門に着く。門を通ってすぐ切手門。ここで門札を見せて、南に行くと伊賀者同心が詰めている貫目番所がありその奥が七つ口である。七つ口は朝五つ（八時）に開き、夕七つ（四時）に閉めるのでこの名がある。

いつもだと、御用達商人はここより奥に入ることはできない。七つ口は高さ三尺ばかりの手摺《てす》りで仕切られていて、商人はこの手摺り越しに奥女中に商品を手渡すのである。この日は特別で、二人はその先の下広敷玄関からお錠口を通り、大奥の建物に入った。

長局は大奥の北側を占める、東西五十間余りの長屋だ。一番南を一の側といい、十数室に仕切られ、ここには老女、上臈、中臈、中年寄、小姓など高級女中が一人一部屋を占めている。部屋には二階があり、女中の世話をする部屋子や子供たちにあてられる。

一の側の庭を挟んで北の棟が二の側。同じく三の側と四の側まであり、北の棟になるほど部屋が狭く、一部屋の使用人数も多くなる。当然、同部屋の女中は身分が低い。

灌仏会の花御堂はその長局四の側の廊下の東詰の庭に安置されていた。花御堂は三尺四方、釈迦の像は一尺余りの銅製で、大きな半切桶《はんきりおけ》の中に立っていた。甘茶を入れた桶は堂の前に飾られているが、時刻は早くまだ女中の姿は見えない。

商いの店は三の側と四の側の廊下に当てられている。二人は四の側の廊下に行くと、両側には商婆たちが店の用意で忙しく立ち廻っていた。植木屋は植木棚を組み立て小間物屋は雛段のような台に白粉《おしろい》、紅、櫛《くし》、元結《もっとい》などを並べている。そのほか、呉服屋があり、半襟《はんえり》屋があり、竹細工屋がある。煎餅や金米糖《こんぺいとう》のような駄菓子を揃えている店もある。その店店は寺社の縁日の風景と変わらない。

智一郎と重太郎は廊下の奥に進み、空いているところに荷を下ろした。二人が荷台を組み立てていると、空色無地、五つ紋の打掛《うちか》けを腰でからげた若い女が、同じように机を組み立てはじめた。白木の机の上に白布を敷き、その上に手の絵を描いた小行灯《こあんどん》を乗せる。女手相見らしい。手相見は机の用意を済ませると、白い木綿を拡げはじめた。これを三方に囲い、その中で客の手相を見るのだ。客は幕の中であまり他人に知られたくないような話ができる。

重太郎たちが店の用意をしていると、隣にいた煙草屋がしげしげと見ていて、

「お前さん方、あまり見かけない顔だね」

と、話しかけてきた。重太郎は軽く頭を下げ、

「新参の本屋でございます。なにとぞお見識《みし》りおきを」

と、低い声で言った。隣の手相見も軽く頭を下げる。手相見もはじめて灌仏会に店を出すらしい。煙草屋は三十ぐらい。きびきびした感じで、世話好きな女らしく、

「そうかい。判らねえことがあったらいつでも訊きにおいで。如才《じょさい》もあるめえが、今日はお女中のお遊びの日だ。値切られても嫌な顔をするんじゃねえよ。少し損をしても別の日に取り返しゃいいんだ」

と、言って、おや、という顔をした。

「お前さん、片腕をどうおしだい」

重太郎は安政の大地震のとき、左腕を失った。だが、本当のことを言えば、身元が露われてしまう。重太郎は呆《とぼ》けて、

「へえ、わたしは酒が好きで、ある夜ひどく酔ってどこかへ貸し忘れてしまいました。心当たりを探しているんですが、まだ見付かりません」

煙草屋はあっはっはぁ、と笑った。

「なに、気長に探すことだ。そのうち見付かると思うよ」

と、言った。

台が仕上がると、その上に本を並べる。

草双紙は女中が好みそうな人情本を揃えてある。錦絵は国貞、豊国などの役者絵だった。手相見も布を張り終り、その中に入って客を待っていた。

そのうち、廊下を通る女中の姿が多くなっていった。白粉を厚く塗って、豪華な打掛け、あるいはやの字の帯付き、花畠を見るようなきらびやかさだった。隣の煙草屋は顔が広く、誰彼になく声をかけ、愛想を振り撒いている。

重太郎の店の前に立ち止まる女中も多いがあまり買おうとする客は多くない。それでも、人情本や女筆の往来物などが、ぽつりぽつりと売れていく。煙草屋の言う通り、どの客も値切るのを楽しみにしているようだ。普段町で買物ができない憂さをこの日で晴らしているのである。

髪は片外《かたはず》し、薄紫の綸子の紋付に花と樹木を散らした苫屋《とまや》模様の金銀の縫取りで、帯は雲形模様を竪矢《たてや》の字に締めている。年は二十代半ば、本が好きらしく、あちこちの本を手に取って繰っていたが、

「春水《しゆんすい》先生のものは、これだけかえ」

と、本を元に戻した。為永《ためなが》春水作『春色湊の梅《しゆんしよくみなと》』だった。

「はい、今日持って参りましたのはここにあるだけでございます」

と、重太郎が言った。

「春水先生の作がお好きでいらっしゃいますか」

「ええ。春水先生、それと種彦《たねひこ》先生」

「『湊の梅』は秀作と存じますが」

「でも、これはもう読んだばかり」

「『春色梅児誉美《うめごよみ》』の揃いが店にございます。後日、お届けしましょうか」

「それを読んでから春水先生が好きになりましたのよ。わたしが十四、五のころでしたかのう」

「……これはお見逸れしました。では勿論『春色辰巳園《たつみのその》』などもとうにお読みになっていらっしゃる」

「ええ、とうに」

「すると、この南仙笑楚満人《なんせんしようそまひと》などはいかがでしょう。春水を名乗る前の、春水先生の筆名

ですが」

「そうねえ……でも、楚満人の作はあまり面白くはない」

「そうでございますね。まだ、未熟に思われます」

「本屋さん、お前さんもいろいろ読んでいますね」

「はい、好きで入った道でございます」

「わたしも本が大好き」

「『梅児誉美』ですと、どなたがご贔屓《ひいき》でしょう」

「なんといっても、お長さんね」

「梅のお由《よし》の義妹《いもうと》で竹長吉。いいですねえ。わたしもお長が大好きで」

「どの場面が好きかのう」

「いろいろありますが、亀戸村の茶会《さかい》など名場面かと思います。落ちぶれて箱持ち《はこもち》（三味線の箱を持って芸者の供をする者）になった米八が、屋敷の庭でお長と再会する」

「そこはわたしも繰り返し読みました」

女中の前に往来物や伝授本などが置いてある。女中はその一冊『かねもうけるの伝授』を取り上げた。

「この本を読めば、誰でもお金持ちになるのかのう」

「さあ……もしそうですと、世の中、お金持ちだらけになってしまいます」

そのとき、女中は朋輩が通り過ぎるのを見付けたらしい。本を元に戻すと、女中はその方に行ってしまった。

「惜しいことをしたねえ」

二人の遣り取りを見ていた、隣の煙草屋が言った。

「自分のところの本を悪く言っちゃあいけねえ。嘘にでもはい、この本を読めばきっとお金持ちになります、と請け負わなきゃだめだ」

「はあ……」

「ああいう子は、金を溜めるのが好きなんだよ」

「……ずいぶん立派な身形《みな》りをしていましたが」

「あの子はおふじさんといって、町方から来た子だ。大きな声じゃ言えねえが、家は裕福じゃない。はじめはお次《つぎ》だったが、悧口で機転の利く子だから、取り立てられて今じゃお中臈。長局二の側に部屋を持っておいでだ」

「なるほど、お屋敷のお嬢様育ちでないので、お金を大切にしているのですね」

「だが、さすが本屋さんだ。春水を種に取り入れるところなどは上手だったよ」

重太郎は取り入ったのではなかった。本当に『梅児誉美』のお長が好きだったのである。

夜になると廊下は賑《にぎ》わいを増した。多勢の女中が引きも切らず、豪華な装束を連ねて雑踏し、その間を添番《そえばん》や伊賀者が手に手に提灯《ちょうちん》を持ち、巡廻して警備に当たっている。重太郎はさすが大奥、芝居でも見られない光景に酔うような気持になった。

「そろそろですね、緋熊さん。大奥のお女中たちが皆ここに集まったようで、他には人が少ないでしょう」

智一郎に言われて、重太郎は我に返りそっと店を後にした。

南北に通じる廊下を通って三の側へ。三の側の廊下も同じように店が連なって雑踏していた。重太郎は二の側に進むと、ここはもうひっそりとして人影はない。ところどころに金網灯籠がぼうっと見えている。明りの光は弱く足元もよく見えない。それは一の側も同じだった。

一の側に出た重太郎は廊下を西に曲った。一の側四十間廊下である。右手に長局が続き左手は庭だった。各部屋の前には住んでいる女中の名が奉書紙に書かれて貼り出されている。廊下が尽きると南北に伸びる廊下があった。この廊下を南に進み、すぐ右手の畳敷の廊下の方に曲る。

大奥の見取図は智一郎がどこからか手に入れて来た。重太郎はそれを頭の中に入れていて、宇治の間へ行く廊下はよく判っている。もし、誰かに見咎められたら、迷ったと言えばいい。実際、大奥の夜は暗く、迷うのが当然なほど複雑だった。

重太郎は膳所のあたりで、二、三人の女中と擦れ違ったが、怪しまれることはなかった。宇治の間への廊下は取り分けて淋しい感じである。重太郎が宇治の間へ近付いたとき、前方から人影が見えた。

「お通りあそばす」

坊主を先に立たせた、年寄か上﨟か、身分の高い者には違いない。重太郎が廊下の隅にうずくまって頭を下げていると、そばまで近付いて来た上草履《うわぞうり》の音がぴたりと止まった。そして、すぐ、

「帰る」

とだけ一言、怯えた声がしたと思うと、ばたばたばた。ほとんど駈《か》けるような足音が遠ざかった。重太郎がうずくまっている姿は、なにやら異形に見えたのだろう。

重太郎はそのまま宇治の間の襖を開けて中に入った。と、間もなく恐る恐るというような足音が聞こえてきた。さっきの坊主が様子を見に来たらしい。

すると、反対側からも足音が近付いて来た。二つの足音は宇治の間の前で止まった。

「おや、おえいさん一人かえ」

と、一人が訊いた。

「はい……お前さん、ここへ来る途中、誰かに会いませんでしたか」

「はて……どんな方かしら」

「身体がねじれたような痩せた、商婆のようなご新造さん」

「いえ、誰にも会いませんでしたよ。第一、ここは商婆が来るようなところじゃあない。それが、一体、どうしました」

「宿木《やどりぎ》さまとここまで来たとき、その女がここにうずくまっていて、なにか妙な女ですか

ら宿木さまはお部屋にお戻りあそばし、わたしが確かめにもう一度ここまで来たのです」

「おかしな話ですね。お廊下は一本道。お前さんが向こうから、わたしはこっちから。でも、誰にも会いませんでしたわ」

「すると……」

「つい、先ごろもここらに幽霊が現れたとか――」

「あのときは梅ヶ枝さまがご覧あそばしました」

「その前は、三の側で曝頭が転がっていました」

「……おまつさんのお部屋の前でしたね」

「わたしのお部屋の隣。それ以来、おまつさんの様子が変ですわ。わたしの顔を見忘れたり、なんだか、ぼうとしていて」

「おまつさんに憑き物がしたというのは本当でありますか」

「同部屋のおとしさんはそんなことはない、と言っていますが、どうも常通ではありますまいね」

「……恐ろしゅうございますね」

「恐ろしゅうございますよ」

それだけだった。二人は連れ立って奥の方へ歩いていくようだった。

四の側の灌仏会の賑わいの中にいては判らなかったが、二人の遣り取りを聞いていて、大奥の女中たちが絶えずなにかに怯えているのが判った。そして、今、新しい怪談が生まれた、と重太郎は思った。

全く足音が聞こえなくなると、重太郎は懐から小提灯を取り出し、火打ち石を使って火をつけた。

次の間から奥の座敷へ。座敷は二十畳以上の広さだった。弱い光に襖絵の宇治茶摘がうかびあがったが、人の住んでいる気配はない。座敷には長持や木箱が重ねられ、物置のような感じだ。

重太郎は宇治の間のたたずまいをしっかりと記憶し、次の間に戻った。次の間であたりを見廻していると、部屋の隅に重ねられている箱と箱との間に、変なものが押し込まれているのを見付けた。部屋にはそぐわない、ぼろ屑のようなものだ。近付いて引き出して見ると、

——こりゃ、馬の沓《くつ》じゃないか。

藁で編んだ、使い古したような馬に履かせる沓だったのである。


元の場所に戻ると、智一郎が二人の女中を相手に手古摺《てこず》っているようだった。智一郎は重太郎の顔を見て、ほっとしたような表情になり、

「この方は豪傑の武者絵が欲しいとおっしゃってあそばします」

と、怪しい声で言った。

女中たちが武骨な絵などは好まないと思うから、武者絵などは持って来ていない。だが重

太郎はにこっとして、

「武者絵は勇ましくて結構でございます。源頼光の鬼退治、渡辺綱《わたなべのつな》、武蔵坊弁慶、塚原卜伝《ぼくでん》、唐の国では鍾馗大臣《しょうきだいじん》、関羽、九紋龍史進《くもんりゅうししん》、いずれも劣らぬ豪傑でございます」

などと言いながら、ざっと錦絵に目を通して、

「でも……今日は、皆、売切れになってしまいました」

相手は二十歳前後、着物の柄は腰までの半模様で、お次といった役どころに見えた。二人が不満そうに顔を見合わせるのを見て、重太郎は言った。

「いかがでございましょう。役者絵にも勇ましいのがございますよ。団十郎の鎌倉権五郎景政《なりたや》、団蔵の和藤内《みかわやわとうない》などはいずれも一騎当千の豪傑」

「でも、役者衆は本当はそう強くはないのでしょうね」

「それは……そうでしょう。役者衆には奥様にも頭の上がらない方がいらっしゃいます」

「ですから、ねえ……」

「武者絵をお買いになって、どうあそばします？」

「部屋に貼っておきます。強い殿方の絵があれば、心丈夫でしょう」

「…………」

「このごろ、恐い噂が流れておりますのよ」

と、一人が小声で言った。

「宇治の間の廊下に骸骨が踊っていたり、いろいろな人にものの怪《け》が取り憑いたり、真夜中

に赤児の笑い声が聞こえたり……」

「でもご城内は権現さまがお守りになっていらっしゃる」

「おっしゃる通りですけど、でも、矢張り気味の悪いことは気味が悪くて」

二人は相談しながら、団十郎の暫《しばらく》を一枚買った。二人で一枚なので、長局に同部屋の女中らしい。

二人が店の前を去ると、さっきのふじが顔を見せた。

「また、来ましたよ」

「はい、いらっしゃいませ」

重太郎が見ると、ふじは少し酔っているようだった。

「矢張り、あの本を買うことにしました」

「ははあ、楚満人の作でございましたか」

「いいえ『かねもうけるの伝授』が欲しくなりました」

「お金を儲けてなんにあそばします」

「『源氏』の揃いが欲しい」

婦女子が『源氏』といえば、紫式部の『源氏物語』ではない。柳亭《りゅうてい》種彦の『偐紫田舎《にせむらさきいなか》源氏《げんじ》』のことだ。『源氏物語』をもとにして、舞台は足利義政の時代に移しているが、実は十一代将軍家斉《いえなり》のころの大奥を書いた小説で、実の大奥をはじめ、一般の婦女子にも大人気で、十四年間にわたって書き続けられていた。ところが、天保の改革で大奥を写したものとして発禁になってしまった。

「『源氏』は禁書でございますが」

と、重太郎はふじに言った。

「知っていますよ。ですから、今、高くなっているのでしょう」

「『源氏』はすでにお読みでございましょう」

「ええ、でも、手元に置いておきたい。実はわたし『源氏』の続篇を書いたことがございますのよ」

「ほう……」

種彦は『源氏』を原書どおり五十四帖まで書く気だったに違いない。だが、咎めを受けた種彦は間もなく死亡、三十八篇が絶筆となった。その続篇を書いたというふじは、ただの本好きではないようだ。

重太郎は『源氏』の初篇の序に、おふじの名があったことを思い出した。そのおふじが『源氏』を書いたという趣向である。

「名をおふじといいて、常に紫の髷紐を結べば、人、紫式部と呼びたり」

「あれ、お前はわたしの名を知っているのかえ」

「はい、おふじさまは有名であそばします」

「……続篇を書いたことも?」

「いえ、それは存じませんが、ぜひ拝見させていただきたいものでございます」

「それが……話が伝わって読み手が多くなり、つい貸しなくしてしまいました」

「それは勿体《もったい》ない。禁書でございますから板木にはなりませんが、匿名で写本にすれば下下《しもじも》にまで読み継がれましょうものを」

「まあよい、その気になればいつでも書きます」

「その節にはぜひ拝読させてくださいませ」

ふじは本の中から『かねもうけるの伝授』を探し出した。

「これはなにほどか」

「天保一枚にてございます」

「いくらか負けや」

「はい、今式部さまのことでございますから、いかようにもお負けいたします」

「五十でどうか」

「はい、はい。よろしゅうございます」

そのとき、横からすいと手が伸びて『かねもうけるの伝授』の下にあった本を取り上げた。

「これはいかほどじゃ」

「……天保一枚でございます」

「それで、いいのじゃな」

女中は天保銭を一枚投げ出すと、本を持っていなくなってしまった。

「愛想のない買い方をする人だのう」

と、ふじが後姿を見送った。

「気の毒に、おまつさんは工合が悪いから仕方がないが」

「お病気でございますか」

と、重太郎が訊いた。ふじは声を低くして、

「なにか憑きものがしたという噂です。この側のおまつさんは三月に宿下がりして、帰って来たときからどうも様子がおかしい。同部屋のおとしさんはもうだいぶ良くなっていると言っていたけど、今の様子を見るとあまりはかばかしくはないようですね」

「ものが憑くと、どうなります」

「とり殺されてしまいます。六条御息所《ろくじようのみやすどころ》が葵の上を殺したように」

「……恐ろしゅうございますね。そのおまつさまは人に怨みを受けるような方なのでしょうか」

「それを知りたいかえ」

ふじは重太郎の顔を見ると、意味あり気に笑って、

「ここは人の目が多い。知りたければわたしの部屋にいらっしゃい。待っています。二の側の東です。きっとですよ」

と、言い、本の代金を払うと店を離れて行った。

智一郎がそばに寄って来て、重太郎だけにしか聞こえないような声で言った。

「おふじさんというのは、なかなか面白いお女中であそばしますな」

「……部屋に誘われました」

「行っておあげなさい」

「はあ？　……」

「ああいうお中臈は夜仕事がない。退屈していますから、商婆が話し相手になります。中には泊り込む者もいるそうです。おふじさんはあなたが気に入ったようであそばします」

「……光栄でございます」

「ですから、行って、人情本や芝居の話をしてあげるといい。ついでに、おまつさんがどんな様子なのかを聞き出すのも忘れないようにあそばせ」

「おまつさんはどんな本を買って行ったのでしょう」

「見ませんでしたか」

「はあ。『かねもうけるの伝授』に気を取られていて、しかも、引ったくるようにして本を持って行ってしまいました」

「それなら『秘事睫《ひじまつげ》』という題簽《だいせん》が見えましたよ」

「相変わらず目がお早い。『秘事睫』とはどんな本でしょう」

　智一郎はその本のあったあたりを指差した。

「伝授本や往来物が集まっています。秘事は睫のごとしという言葉がある。秘事などと勿体ぶっていうが、ごく身近なもの。普段は目に見えない睫のようなもの、という意味。まあ、秘伝書の一つだろうと思いあそばしますな」

智一郎にふじの部屋へ行けと言われても、はいそうですかと気軽に行くことはできない。だいたい、女に変装して大奥に乗り込むだけで、噴火山の火口へ飛び込むような気持だったのである。しかも、その上、長局の中に入って女中の相手をしろという。

「もし、化けの皮が剝がれたときはどうしましょう」

と、重太郎が言うと、智一郎は涼しい顔をして、

「そのときはいさぎよく、ご自害あそばされませ」

と、言った。

重太郎は隣の手相見に吉凶を占《うらな》ってもらうことにした。当たるも八卦当たらぬも八卦というが、気休めにはなると思う。

ちょうど、手相見に客はいなかった。幕の中は暗く、重太郎は小行灯のそばに手を差し出した。手相見は天眼鏡で手の筋を見ていたが、なかなか吉相だと見立て、

「念のために左手も」

と、無理なことを言った。

だが、重太郎の化けの皮は、とうに剝がれていたのである。

部屋に入るや、重太郎はいきなりふじに抱き付かれ口を吸われてしまった。重太郎が目を白黒させていると、

「そなたは、緋熊重太郎さまでいらっしゃいますね」

と、ふじは奥に誘った。

入口の入側《いりがわ》が二畳、その奥が仏間、そして化粧の間の六畳にふじは坐《すわ》った。

「部屋子たちは二階にいます。ここに来る者はいませんからご安心あそばせ」

「どうしてわたしが緋熊重太郎だと判りました」

「片腕のないのが証拠。いえ、人伝てに聞いておりましたのよ。安政《あんせい》の大地震のとき、落ちて来た梁に腕を取られ、その腕を自ら斬《き》って難を逃れた剛の者がいる、ということを。そのお侍は勇者にもかかわらず、見た目は優男だ、とも」

「ううむ……」

「かねがね、女と生まれたからには、そのような方とお話がしたいと思っていましたが、図らずも今日お見掛けし、嬉しや稗史小説《はいししょうせつ》にも通じていらっしゃる。お芝居なども精《くわ》しいのでございましょう」

「ええ、まあ……」

ふじは部屋の隅に置いてある膳を引き寄せた。膳の上には酒肴が用意されていた。

「お近付きの印に――」

と、いうので、二人の間で盃が交わされる。

「重太郎さまがなぜ大奥に侵《しの》び込んで来たか、などと野暮は言わないことにしましょう。馴れない帯などを締めて、さぞ窮屈でいらっしゃいましょう。お楽にあそばせ」

ふじは寄り添って帯を解きにかかる。重太郎は身体を固くすると、

「もし、嫌だとおっしゃるのなら――」

「ここで、大声をあげる、というのですね」

「よくご存知です。では、今夜、ここにお泊りあそばせ」

奥の襖を開けると、夜具が用意され、雪洞《ぼんぼり》が艶かしい色を放っていた。正團の言う通り大奥の風紀は外の尊王攘夷のごとくであるらしい。

ふじとねんごろになったため、重太郎は大奥の事情を聞き出すことができた。

それによると、皇女和宮の降嫁が決まって以来、どうも大奥の中の落ち着きがなくなったという。ただ、本が好きであまり出世欲のないふじは別として、女でも権力を欲しがる者は少なくない。特に上級の老女をはじめ、あわよくば将軍の側室を狙おうとする女中である。

和宮が城内に入れば、当然、京から少なからぬ女中が供に来て大奥に勤めるようになる。それによって、主だった人たちの入れ替えも予想される。大奥では出世するには「一引《ひき》、二運、三器量」というそうで、親とも頼む上級女中が落目になれば、下の女中までが浮かぶことができない。

大奥にはいろいろな思惑が飛び交い、神経が過敏になっている。そんなとき、長局二の側にいるまつの様子がおかしいと言い出す者がいた。

まつは同じ中﨟のとしと同部屋だったが、としの部屋子がまつの様子が変だと言いはじめた。どうも目付きがおかしい、声もどこか違い、部屋子の名を間違える。女中の名を度忘れ

する。

同部屋のとしは別に異常はないと言うのだが、そう言い立てるほどまつを擁護しているようにも思われた。そのうち、宇治の間の廊下に幽霊が現れたという者、長局に曝頭が転がっているのを見て気絶した者がいるという怪事が続出して、中にはまつのようになにかに取り憑かれたという者も四、五人にものぼった。

「そんなに憑きものが多くなっちゃ、大変です」

と、重太郎が言うと、ふじは笑って、

「ですから、流行《はや》りものでございますよ」

と、言った。

「大奥じゃ、そんなものが流行りますか」

「ええ。一人が身体をおかしくすると、何人かが同じようになるときがありますよ。でも流行りものですから、大地震や大火事が起きればすぐ治ってしまいます」

ふじは物騒なことを平気な顔で言った。

「でも、はじめのおまつさんはごく普通だったのでしょう」

「でもねえ……別に暴れだしたり、奇声を発したりするわけじゃあない。当人は大人しくて、気がふさいでいると言われれば、そのようにも見えますけど」

まつは気が晴れないので、買物をするにも値切る気は起きなかったのだろう。

場所は世間から隔絶された女だけの世界、そんなところに閉じ込められていれば、常識外れなことが起きても、ふしぎでないようにも思われる。

だが、重太郎の思考もそれまでだった。ふじの姿態から絶え間なく分泌される、桃色で濃密な雲のようなものに絡み取られ、脳は玄提の妙境に惑溺し、香魂もまさに絶えなんとする状態になってしまったのである。

朝の太陽は黄色く見えそうだった。

翌日、重太郎がふらふらと雲見櫓に登ると、智一郎が、

「黄色く見えても赤日とはこれいかに」

と、謎を掛けた。

「赤日が通るのに黄道というが如し、です」

「なるほど……緋熊さんの脳はとろけていませんね」

「はあ。ですから、大奥の怪事も判りました。あれは、大奥にときどき起きる、流行りものの一種でした」

「なるほど……それで、流行りものを起こした者の正体は?」

「はじめ三の側にいるおまつさんという中臈がおかしくなったといいます」

「それでは、おまつの正体は?」

「…………」

「あなたはおふじさんに化けの皮を剝《は》がされたのでしょう」

「……はあ」

「そのお蔭《かげ》で、わたしはおまつさんの化けの皮を剝がしましたよ」

「おまつさんの化けの皮？」

「そう。おまつさんはものの怪が憑いて変になったのじゃあない。おまつさんは三月に宿下がりしたといいますが、大奥に戻って来たのはおまつさんでなく、実は別人だったのです」

重太郎はその意味がよく判らなかった。重太郎の脳は大丈夫だと智一郎は言ったが、重太郎はもっと精しく智一郎の話を聞かなければならなかった。

「では、おまつさんの変な態度、というのは？」

「そう。別人だったからですよ。いくらおまつさんと似せているといっても、元元が違うのだから、態度がおかしかったり、声も変だったり、部屋子の名を間違えたりする。広い大奥の中で迷い、幽霊に間違われたこともあったでしょう」

「……同部屋のおとしさんは、そういうおまつさんを庇《かば》っていたといいます。とすると、おとしさんはおまつさんが別人だということを知っていたのですか」

「そう。知っていた」

「つまり……頭はわたしがおふじさんのところにいる間、おまつさんの部屋に踏み入って全《すべ》てを聞いたのですね」

「いや、わたしはそんなことはしない。緋熊さんがいなくなっても、ずっと本屋を開いていたのです」

重太郎は首を傾げた。智一郎が予《あらかじ》めまつを知っていたと思えないし、昨夜まつはあまりものを言わず、一冊の伝授本を買って行っただけである。

「緋熊さんもまだ覚えているでしょう。わたしたちが長局の廊下で店を開こうとしていると、隣にいた煙草屋の上《かみ》さんが声を掛けてきた」

「ええ、覚えています。あの煙草屋はわたしの腕のないのを知って、どうしたのだと訊いたりしていました」

「そこが肝心です。そのとき、女手相見もちょうど店を開いていましたね」

「そうでした」

「にもかかわらずですよ。夜になってから、緋熊さんはおふじさんに誘われて、部屋に行くことになった。部屋に行く前、あなたは手相を見てもらいました」

「……それが?」

「手相見は幕で囲っていたが、所詮は布のことで、隣にいたわたしのところにも声は聞こえた。立聞きするつもりはないが、自然と耳に入ってきたわけで、女手相見はあなたに〈念のために左手も〉と言いました。これは、おかしい」

「…………」

「あなたの左手がないことは煙草屋が口にして、当然、女手相見にも聞こえていたはず。それなのに、その左手の手相が見たい、という。わずか半日の間に、あの若い手相見がそれを忘れてしまったとは思えない。幕の中で手相見が別人と変わっていたのならうなずけますがね」

「頭は、そううなずいたわけだ」

　智一郎はにこっとして、

「つまり、別人になったらしいおまつさんと、別人になったらしい手相見とが、わたしの頭の中でぴたりと重なったわけです。はじめ廊下に店を張っていたのはおまつさんで、夜になってからあなたに左手を見せろと言った手相見は、すなわちおまつさんではない、別人だったのです」

「えっ……」

　よく考えると、それは難しいことではないのが判る。手相見の店は幕で囲われているし、手相見は主に天眼鏡で相手の手を見ている。しかも、小さな行灯の光なので、手相見の顔はよく判らない。それでも商売には差し支えはない。

　手相見は折を見て幕から出、これも混雑している三の側のまつの部屋に入り、まつの別人と衣装を交換し、髪や化粧も変えて店に戻ることができる。このことを知っているのは同部屋のとししかいないはずだ。ごく単純な入替りである。

　智一郎は続けた。

「刻が遅くなるにつれて、廊下の人通りも少なくなる。それを待ち兼ねたように、手相見は店仕舞いにかかったので、わたしも店を畳み、手相見のあとをつけて平川門から外に出ました。手相見は大手堀沿いに歩いていく。夜更けのことで人通りはない。手相見はふと空を見上げました。空には上弦の月がかかっている。それをきっかけに、わたしはそばに寄って声を掛けました。〈月を見ても手相見とはこれいかに〉いや、今思うとひどい謎だ」

だが、相手は洒落が通じなかった。きっとして振り返ると、

「貴様、何者だ」

と、智一郎を睨んだ。

「灌仏会に出ていた本屋でございますよ。おまつさんに『秘事睫』をお売りしました本屋で」

それを聞くや、相手は荷を放り出し、懐から懐剣を抜き取ると、智一郎に斬りかかった。智一郎は揉み合ううち、なんと、相手が男だということが判った。手刀で相手の手から懐剣を叩き落として、智一郎は言った。

「お静かに。拙者も同類でござる。女に化けて大奥に忍び込んで来た者だ」

それを聞くと、相手は度胆を抜かれたように静かになった。

「それで、意気投合――はしないまでも相手は敵意をなくしました。まずは一杯ということで、夜明しのおでん屋で酒を酌《く》み交わしながらを聞いたのです」

実はこの男、鍋谷朝次郎《なべやあさじろう》といい、旗本の次男だった。長男はすでに家を継いで、小十人組として城勤めをしている。旗本といってもごく微禄の役だ。

朝次郎には一つ違いの姉がいて、これが中﨟のまつである。朝次郎はこのまつと小さいときから仲がよく、姉の真似をして化粧したり姉の着物を着たりしていた。それが習い性となったものか、朝次郎は成人しても前髪をおろさず女の姿を通していた。

一方、大奥でまつと同部屋のとしは、これも旗本野高九右衛門《のたか》の娘である。すでに家禄を息子に譲って隠居していた父親は、同じように隠居の身の朝次郎の父親と、囲碁の友達だった。

二人がしょっちゅう互いの家に出入りしているうち、自然と朝次郎、まつとなかがいい遊び相手となり、年を重ねるうちいつかとしは朝次郎を思うようになっていた。

そのうち、まつととしは前後して大奥に勤め奉公するようになる。はじめはお次だったが二人は取り立てられて中臈となり三の側の同じ部屋を宛《あて》がわれた。二人はこの奇遇を喜び、昔話のうち朝次郎のことが話題にのぼった。

そのころ、朝次郎はあまり感心しない仲間と遊びを覚えて家に寄りつかず、そのうち女手相見となって遊廓の女相手に小遣いを稼いでいた。

としが朝次郎のことが忘れられないと聞くと、まつは大胆なことを思いついた。

「まつが三月の宿下がりのとき、朝次郎をまつに変装させて、大奥に入り込ませる、という計画です」

と、智一郎は言った。

「元元、朝次郎とまつは顔立ちがよく似ている。白粉で厚化粧すれば、すぐおまつさんそっくりになる。われわれでさえ疑われずに大奥に入った。腕があったら緋熊さんでも化けの皮が剝がれるようなことはなかったでしょう。それに、朝次郎にはおとしさんという味方が待っているので心強い。この計画は実行に移されたのです」

「その間、おまつさんはどうしていたのですか」

「まあ、宿下がりの延長と思い、芝居や物見遊山をしてのんびりしていたそうです。といって朝次郎はそのままずっと大奥にいるわけにはいかない。二人は元に戻らなければならない。これも普通なら大冒険が必要ですが、いい工合に四月八日の灌仏会が待っていたわけです」

「つまり、おまつさんは女手相見として大奥に入り込み、そこで二人が入れ替わり、朝次郎は外に出る、という手筈だったのですね」

「そう。その段取りはわたしが説明した通り。まずは成功したのですが、その前に、おまつさんの言動を怪しく思う者がいた。これは当然ですな。予めおまつさんに教わった通りいかに上手に振舞ったとしても、所詮は違う者ですからな。はじめ同部屋のおとしさんは庇っていたが、憑きものの噂が拡まると、それを逆手に取る方法を思いついた。大奥に怪談話を数多く作り出すことによって、おまつの言動を覆い隠す、というものです」

「……現に、大奥で憑きものが流行りだしています」

「今式部のおふじさんが言った通りです。おふじさんは大奥をよく観察していて、その意見も正しかったのです」

「曝頭もその一つですか」

「そうです。多分、朝次郎が廊下に転がしておき、あとでそっと処分したのでしょう」

「しかし、曝頭などは滅多に手に入るものではありませんがね」

「ですから、作りものでした。その作り方が書いてあるのが『秘事睫』。二人は昨夜、部屋で髪や衣装を取り替える。おまつさんは元の姿になって、朝次郎を手相見の店に案内したのです。そのとき、たまたまわたしたちの店に『秘事睫』が置いてあるのを見て、これはいけない、誰かがそれを買って曝頭を作る秘術を知ったら、自分の企みも明るみになると思い、慌てて自分のものにしたのです」

「……それは少少、思い過ぎでしたね」

「そう。そのためにかえって『秘事睫』を怪しく思う者がいたのですから」


その日、鈴木正團が雲見櫓に登って来ると、智一郎は紅葉山文庫《もみじやまぶんこ》の書物奉行、筑波外記《つくばげき》から借り出した本を正團に見せた。

正確には『神仙秘事睫』といい、屋敷での手妻伝授本だった。その中の一つに「しゃれこうべを即座にあらわす術」として「しゃれこうべをあらわすには馬のくつの新しきにても古きにても馬のはくべきようにすげおきて　色白き紙　杉原にてもくつの中につつみ　両眼とおぼしき所に指にて穴を開け　口の所もあなをあけ灯火《ともしび》より一間《いっけん》も置出《おきいだ》すべし　正真のしゃれこうべとことなることなし」と、説明されていた。

智一郎は本と一緒に、重太郎が宇治の間から持ち出して来た馬の沓を揃え、証拠の品として正團に示した。

その年の十月二十日、皇女和宮は京都を出発して江戸に向かった。尊攘派はこれを阻止するなどの噂があったため、江戸への道は中仙道に決められた。一行の行列は総数二万余人ともいわれる大掛かりなものであった。沿道には三十近くの藩が厳重な警護に当たり、土地土地の庄屋や郷士の息子の全てが行列の役に課せられた。山奥の木曽の山道は、しばらく錦《きん》繡《しゅう》がちりばめられていたという。

行列が無事江戸に到着したのは十一月十五日で、そのころ大奥には怪しの話などは全く消滅していた。

解説に代えて

新保博久（ミステリー評論家）

木村愛一郎君へ。

現在小学五年生の君には、この本『亜智一郎の恐慌』という小説集の内容を理解することはもちろん、いま私が何を書こうとしているのかも、よく分からないでしょう（そもそも「きょうこう」って何？　と、まず聞かれそうです）。

そもそも、君自身がまだ読めないような本の巻末に、どうして自分の名前を出されなければならないのかと、不思議に思うかもしれません。それでも何年か経って、この本が読めるようになった日のために、この文章を書いておきたいと思います。

この小説は今から百五十年もの昔、明治維新より前の安政年間を舞台にした、つまり時代小説だから、なおさら取っつきにくいでしょう。作者の泡坂妻夫さんが、この本より前に書いた『亜愛一郎の狼狽』（「ろうばい」がまた読めないか）、『亜愛一郎の転倒』、『亜愛一郎の逃亡』という短編集三冊にしても、現代が舞台になっているだけ親しみやすいはずですが、少なくとも高校生ぐらいにはなっていないと、どこがおもしろいのやら、よく理解できないと思います。

『亜智一郎の恐慌』は、それらより昔の時代を描いていても、執筆順ではあとから書かれた姉妹編に当たるものです。ふつうに小説を読み慣れた大人であれば、まずこちらを読んで、さかのぼって亜愛一郎シリーズを手に取ってもいいのですが（作中時間的にはそのほうが、過去から現代へと進んで順当なのですが）、君はまず亜愛一郎シリーズを先に読んでおくべきでしょう。そのためにも、現在その短編集三冊が収められている創元推理文庫版が、まだ書店で手軽に買える状態にあるといいのですが。いや、君の場合は、お父さんの本棚に、たぶん角川文庫版（現在は絶版）あたりがそろっているでしょうから、それを借りてくれば済むでしょう。そちらを読んでみて、すぐにおもしろさが分からなくても、気にすることはありません。

『亜愛一郎の狼狽』の第一話「ＤＬ２号機事件」は一九七六年、そのころあった探偵小説専門誌『幻影城』第一回新人賞に応募されて佳作入選した、泡坂さんのデビュー作ですから、亜智一郎シリーズより早く書かれたのも当たり前です。なんだ当選作じゃなくて佳作なのかと、ばかにしてはいけません。このデビュー作（だけでなくシリーズ全体、いや泡坂さんの作品すべてがそうなのですが）はあまりにユニークすぎて、当時の選考委員の先生方だって、完全には理解しきれなかったのですから。

このデビュー作を皮切りに、亜愛一郎は『幻影城』誌上で活躍を続け、じわじわと人気を高めていきました。「亜」なんて奇妙な名字を主人公に与えたのは、将来「名探偵事典」が編まれたときトップに来るように企んだと泡坂さんは言っていますが、先ごろ私が編集に関わった『日本ミステリー事典』（新潮選書）は、作家も作中人物も等しく五十音順に並べるという方針だったため、まさしく「亜愛一郎」から始まり、マジシャンでもある泡坂さんの術中にまんまとはまった感じです。

亜愛一郎は、雲を撮るのが専門という風変わりなカメラマン。「背が高く、整った端麗な顔だちで」、年齢は「三十五ぐらいだろうか。色が白く、貴族の秀才」然としており、「目は学者のように知的で、身体には詩人のようにロマンチックな風情があり、しかも口元はスポーツマンのようにきりっとしまっていた」という、まさに絵に描いたような二枚目ですが、しゃべったり動いたりすると、とたんにずっこける。本当はただのぼんやり者かと、見かけ倒しにあきれたころ、常識を超えるような不可思議な事件が起こります。そして警察もお手上げになったのを、意外なほど鋭い観察力と鮮やかに飛躍する推理で、驚くべき真相を言い当てるのが亜愛一郎にほかなりません。キャラクターが二重の意外性を宿しているように、その解決する事件も二重三重にひねったもので、ありきたりのミステリーに物足りなくなっていた読者を喜ばせ、たちまち雑誌の看板シリーズに育ったものです。

しかし、現在のようにミステリー全盛時代ではなかったので、雑誌『幻影城』は、ほかにも栗本薫さん、田中芳樹さん、連城三紀彦さんといった後々人気作家となる新人を数多く生み出しながらも、亜愛一郎シリーズ第十四話が掲載された一九七九年七月号を最後につぶれてしまいました。それを惜しいと感じた人は少なくなかったのでしょう、半年後には角川書店発行の『野性時代』を中心に亜シリーズは再開され、同誌八四年七月号の「亜愛一郎の逃亡」で幕を閉じるまで、全二十四編が書かれました。その最後の作品で、雲専門のカメラマンという、とてもそれだけでは生活が立ちそうにない職業とは別に、亜愛一郎の隠された身分が明かされ、シリーズは完全に終わったと思われたものです。

それからしばらくして、出版関係のパーティで泡坂さんにお会いする機会があったとき、「あれで本当におしまいなんですか?」とお尋ねすると、「いや、そうでもないんですよ」と、不思議な答えが返ってきました。いまから考えると、そのときすでに、この亜智一郎シリーズを始める構想ができていたのでしょう。

そうして発表されたのが、この『亜智一郎の恐慌』の冒頭に収められた「雲見番拝命」でした。それが八六年二月号のことで、第二話「補陀楽往生」は八七年三月、一年以上も間が空いています。読めば分かるはずですが、そう次から次へと書けるタイプの作品でありません。上質のワインを発酵させるように(おっと、未成年の君にこんな例えは適切ではありませんね)じっくり構想を練る必要があるのです。

亜愛一郎ファンにとって嬉しいことに、これはそのご先祖が活躍する物語でした。ひいひいおじいさん、ぐらいに当たるのでしょうか。智一郎は江戸城の雲見番という、まああってもなくてもいいような(実際、なかったと思いますが)人を食った役職であり、玄孫が雲専門のカメラマンとなったのですから、血は争えないものです。生まれた時代こそ違え、ほかにもこの二人の主人公同士には、いろいろ似たところが少なくありません。

智一郎だけでなく、ほかの登場人物たちの何人かも、後代に至って子孫たちが知らずに交流していたようです。智一郎ひとりで勤めていた雲見番は、第一話で安政の大地震（一八五五年）のさなかに起こった事件をきっかけに、一挙に三人のメンバーが増員されます。智一郎の不思議な洞察力をはじめ、それぞれ独特な武術、腕力、知識などを見込まれて、表向きは雲見番、じつは時の将軍・徳川家定の直属の隠密方となるのです。

智一郎と同じく、やさ男の緋熊重太郎は、「DL2号機事件」に登場したタクシー運転手と同姓ですから、この珍しい名字から無関係とは思われません。将軍から短筒《ぴすとる》を拝領する藻湖猛蔵は、『亜愛一郎の狼狽』の第四話「掌上の黄金仮面」に登場する射撃の名手・藻湖刑事のご先祖でしょう。『亜愛一郎の逃亡』巻頭の「赤島砂上」の登場人物〈普賢の奈津〉こと暴力団の女組長・古山奈津は、雲見番のひとり古山奈津之助と同じく、普賢菩薩のいずみを背負っています。

子孫同士が関わりを持っていそうなのは、雲見番だけではありません。第三話「地震時計」に耳成新兵衛という幕府天文方が出てきますが、『亜愛一郎の狼狽』の第二話「右腕山上空」で目撃者となる右腕中学校の天文部員で、ゾウのように大きな耳を持ち、ミミと呼ばれている一年生は、「亜愛一郎の逃亡」によると本名耳成で、天文学の助教授になったようです。関連は亜愛一郎シリーズだけに留まらず、緋熊重太郎の妻となるのは戸村元信という旗本の娘・美也ですが、泡坂さんの別なシリーズ『妖盗S79号』の第一話「ルビーは火」で宝石を盗まれる被害者が戸村美矢。また「地震時計」には、いっけん愛想よく、すぐ怒って訛《なま》りも出る赤染という仲居も登場しますが、泡坂さんの短編「ヨギ　ガンジーの予言」に出てくる横暴なスチュワーデスが赤染照子で、もっとおっかなくて訛りもひどいというその姉は、同じ短編集『ヨギ　ガンジーの妖術』に収められている「心魂平の怪光」の美人タレント赤染明子なのかもしれません。

このように、亜愛一郎シリーズをはじめ泡坂さんのほかの作品の熱心な読者であればあるほど、にやりとさせられる仕掛けがあちこちに施されているのですが、そんなことは知らなくても、これ一冊だけでもじゅうぶんに楽しめます。そして、さらに泡坂作品を多く読んでから再読してみると、新たな楽しみが発見できるでしょう。

ところでこの第三話は、シリーズ前作「補陀楽往生」から何と六年後、『小説推理』に舞台を移して一九九三年二月号に発表されました。その空白期間に、『野性時代』には現代ものの長編ミステリー『斜光』を一挙掲載したり、泡坂さんご自身（紋章上絵師）と同じような職人の世界を描いて直木賞を受賞する作品集、『蔭桔梗』の一編となる「遺影」といった力作を寄せていますから、別に元の掲載誌との関係が気まずくなったわけでもないでしょう。要するに何となく、続けるタイミングを外してしまったようです。

『小説推理』で再開するに当たって、まず最初の二話が前々月、前月に再掲載されました。それからはまた年一作ペースに近くなってしまって、「女方の胸」（九四年十二月号）、「ばら印籠」（九六年二月号）、「薩摩の尼憎」（九七年七月号）、「大奥の曝頭」（九七年九月号）と続きます。

それに歩調を合せるように、第一話の安政二（一八五五）年から第七話の文久元（一八六一）年まで、一年一話の割で時間が流れてゆく。そうした背景に、桜田門外の変（一八六〇年）、皇女和宮の江戸下向（六一年）といった史実が正確になぞられています。物語は奇想天外でも、史実は曲げられていないのです。

じつはその点に、亜愛一郎の現代シリーズに比べて、ミステリーとして少し物足りない気がする原因があるように、私には思われてなりません。つまり、亜愛一郎シリーズの基調を乱暴に要約すれば、現代人であるさまざまな登場人物がもつ特異な価値観が、いっけん奇異に見える現象を引き起こし、それを亜愛一郎が解きほぐしてゆく。ところが亜智一郎が活躍したのはまだ封建時代ですから、まだ人々がそんなに独自の価値観をもつことを許されなかった。それだけ、飛躍した推理をする余地も少ないわけで、事件の真相はあばかれてみると、当時としてはわりあい常識的なものです。その弱点を補うため、泡坂さんは、いろいろ工夫を盛り込んでいるのですが、それを一つ一つ見つけてゆくのは、だいぶ上級者向きの楽しみといえるでしょう（じつは私も全部を読み取れた自信がない）。

なんだか、木村愛一郎君には関係ない話ばかりしてしまったようです。しかし、もうお分かりでしょう。君の名前は、この亜愛一郎にちなんで名づけられたものにほかならないのです。別に将来、名探偵のように頭が良くなれとか、超ハンサムになるようにというためではありません。ふだんはのんびり、のんきに構えていて、ここ一番という時に力を発揮する、そんな大人になってもらいたいという願いが込められたようです。

ちなみに、君の妹の詩乃《しいの》ちゃんの名前は、大の読書好きであるお父さんが、こちらは氷室冴子さんの少女小説『クララ白書』の主人公から採ったといいます。君が生まれたばかりのころ、ちょうど出版された亜愛一郎の文庫本と並べて撮った写真を引き伸ばして、泡坂さんにお願いしてサインしていただきましたが、妹さんにも同様の写真があるのに、こちらにはサインをもらえていません。そうした写真が、どれだけ大切な記念品になるか理解できる年ごろになって、「どうしてあたしのほうにはサインがないの?」と詩乃ちゃんがすねないようにしておけるといいのですが、あいにく私は氷室さんを存じあげないので頼めないでいます。最近たまたま、氷室さんとお親しいらしいある作家さんと電子メールでやり取りできるようになりましたから、こんど仲介をお願いするとしましょうか。

（この解説はノンフィクションです。なお、「謎宮会」のホームページ（http://www.inac.co.jp/staff/maki/meikyu/index.html）掲載の葉山響氏による「亜智一郎の恐慌　御先祖様他対応リスト」＝一九九八年二月号＝を参考にさせていただきました）

本作品は一九九七年十二月、小社より単行本刊行されました。

双葉文庫

あ-06-07

亜智一郎《あともいちろう》の恐慌《きょうこう》

2000年7月20日 第1刷発行

【著者】
泡坂妻夫《あわさかつまお》

【発行者】
諸角裕

【発行所】
株式会社双葉社
〒162-8540 東京都新宿区東五軒町3番28号
[電話]03-5261-4818(営業) 03-5261-4840(編集)
[振替]00180-6-117299

【印刷所】
大日本印刷株式会社

【製本所】
株式会社ダイワビーツー

【表紙・扉絵】南伸坊
【フォーマット・デザイン】日下潤一
【フォーマット写植】ブライト社

ISBN4-575-50737-7 C0193